ちくま文庫

教科書で読む名作

一つのメルヘンほか 詩

中原中也ほか

筑摩書房

カバー・本文デザイン　川上成夫

＊

目次

傍注イラスト・秦麻利子

教科書で読む名作　一つのメルヘン　ほか――詩

【凡例】

一 「教科書で読む名作」シリーズでは、なるべく原文を尊重しつつ、文字表記を読みやすいものにした。一部、諸本を参照して校定した作品がある。

1 原則として、旧字は新字に改めた。

2 〈解説にかえて〉では、代名詞・接続詞・副詞・連体詞・形式名詞・補助動詞などの一部は、仮名に改めたものがある。

3 常用漢字で転用できる漢字で、原文を損なうおそれが少ないと思われるものは、これを改めた。

4 〈解説にかえて〉の送り仮名は、現行の「送り仮名の付け方」によった。

5 常用漢字の音訓表にないものには、作品ごとの初出でルビを付した。

二 今日の人権意識に照らして不当・不適切と思われる、人種・身分・職業・身体および精神障害に関する語句や表現については、時代的背景と作品の価値にかんがみ、そのままとした。

三 本巻に収録した作品のテクストは、それぞれ作者解説の項に示した。

四 本書は、ちくま文庫のためのオリジナル編集である。

詩編

初恋

島崎藤村(しまざきとうそん)

まだあげ初(そ)めし前髪の[1]
林檎(りんご)のもとに見えしとき
前にさしたる花櫛(はなぐし)[2]の
花ある君と思ひけり

やさしく白き手をのべて
林檎をわれにあたへしは
薄紅(うすくれなゐ)の秋の実に
人こひ初めしはじめなり

わがこころなきためいきの

その髪の毛にかかるとき
たのしき恋の盃を
君が情に酌みしかな

林檎畠の樹の下に
おのづからなる細道は
誰が踏みそめしかたみぞと
問ひたまふこそこひしけれ

——出典『若菜集』

1 まだあげ初めし前髪　まだ結い上げはじめたばかりの前髪。 2 花櫛　造花で飾った櫛。

発表——一八九六（明治二九）年
高校国語教科書初出——一九五九（昭和三四）年
筑摩書房『国語一』

小諸(こもろ)なる古城のほとり

島崎藤村

[1]小諸なる古城のほとり
雲白く遊子(いうし)[2]悲しむ
緑なす蘩蔞(はこべ)[3]は萌(も)えず
若草も藉(し)くによしなし
しろがねの衾(ふすま)[4]の岡辺
日に溶けて淡雪流る

あたたかき光はあれど
野に満つる香(かをり)も知らず
浅くのみ[5]春は霞(かす)みて
麦の色はつかに青し

旅人の群（むれ）はいくつか
畠中（はたなか）の道を急ぎぬ

暮れ行けば浅間[6]も見えず
歌哀（かな）し佐久（さく）[7]の草笛
千曲（ちくま）[8]川いざよふ波の
岸近き宿にのぼりつ
濁り酒濁れる飲みて
草枕[9]しばし慰む

——出典『落梅集』

1 **小諸なる** 小諸（長野県小諸市）にある。 2 **遊子** 旅人。 3 **蘩蔞** ナデシコ科の植物。春の七草の一つで、夏にかけて小さな白い花をつける。 4 **衾** 寝具。布団。 5 **はつかに** わずかに。 6 **浅間** 浅間山。群馬・長野県境にある標高二五六八メートルの活火山。 7 **佐久** 群馬県境に位置する長野県東部の市。かつて宿場町として栄えた。 8 **千曲川** 長野県を流れる一級河川。 9 **草枕** 旅。旅の仮寝。

ハコベ

島崎藤村――一八七二（明治五）―一九四三（昭和一八）年。詩人・小説家。長野県に生まれた。本名、春樹（はるき）。一八九三年、北村透谷（とうこく）らと「文学界」を創刊、浪漫主義運動を展開した。後に小説に転じ、『破戒』を刊行して以後、自然主義作家として活躍した。詩集に『若菜集』など、小説に『夜明け前』などがある。本文は「藤村全集」第一巻によった。

発表――一九〇〇（明治三三）年
高校国語教科書初出――一九五〇（昭和二五）年
秀英出版『われわれの国語（二）』

落葉（らくえふ）

ポール・ヴェルレーヌ
上田敏（うえだびん）訳

秋の日の
ヰオロンの[1]
ためいきの
身にしみて
ひたぶるに[2]
うら悲し。

鐘のおとに
胸ふたぎ
色かへて

涙ぐむ
過ぎし日の
おもひでや。

げにわれは
うらぶれて
ここかしこ
さだめなく
とび散らふ
落葉（おちば）かな。

——出典『海潮音』

1 ギオロン　ヴァイオリン。2 ひたぶるに　ひたすらに。

ポール・ヴェルレーヌ Paul Marie Verlaine ——一八四四—九六年。フランスの詩人。象徴派の代表的詩人とされ、詩集『サチュルニアン詩集』『言葉なき恋歌』などがある。

上田　敏——一八七四（明治七）—一九一六（大正五）年。詩人・評論家・英文学者。東京都に生まれた。小説『うづまき』、詩集『牧羊神』などがあるが、特に西洋の詩人たちの紹介において多大の貢献をした。一九〇二年に、森鷗外（おうがい）らと文芸雑誌「万年艸（まんねんぐさ）」を創刊、同誌にカール・ブッセの「山のあなた」などの訳詩を発表、ついで与謝野鉄幹（よさのてっかん）の主宰する雑誌「明星」に、フランス象徴派や高踏派の訳詩を発表した。これらをまとめて一九〇五年に刊行した『海潮音』は当時の詩壇に衝撃を与え、特に我が国の象徴詩運動に大きく貢献する書となった。本文は『上田敏全訳詩集』によった。

発表——一九〇五（明治三八）年
高校国語教科書初出——一九五二（昭和二七）年
三省堂『新国語（改訂版）文学二』

糸車

北原白秋（きたはらはくしゅう）

[1]糸車、糸車、しづかにふかき手のつむぎ、
その糸車やはらかにめぐる夕（ゆふべ）ぞわり[2]なけれ。
金（きん）と赤との南瓜（たうなす）[3]のふたつ転がる板の間に、
[4]「共同医館」の板の間に、
ひとり坐（すわ）りし留守番のその嫗（おうな）[5]こそさみしけれ。

耳もきこえず、目も見えず、かくて五月となりぬれば、
微（ほの）かに匂ふ綿くづのそのほこりこそゆかしけれ。
硝子（ガラス）戸棚に白骨（はくこつ）のひとり立てるも珍（めづ）らかに、
水路のほとり月光（つきかげ）の斜（ななめ）に射（さ）すもしをらしや。
糸車、糸車、しづかに黙（もだ）す手の紡ぎ、

その物思(ものおもひ)やはらかにめぐる夕ぞわりなけれ。

——出典『思ひ出』

1 **糸車** 手で回して糸を紡ぐ車。 2 **わりなけれ** やるせない。哀切である。 3 **南瓜** カボチャの異称。 4 **共同医館** 作者の郷里柳川(やながわ)にあった共同診療所であろう。木造ペンキ塗りの粗末な明治風の洋館が想像される。 5 **嫗** 老女。

北原白秋——一八八五（明治一八）—一九四二（昭和一七）年。詩人・歌人。福岡県に生まれた。本名、隆吉。近代的な感覚と官能を示して、独自の詩的世界を展開した。その業績は、詩・短歌・歌謡・童謡など、あらゆる詩的ジャンルにわたっている。詩集『邪宗門』『思ひ出』、歌集『桐(きり)の花』『雲母(きらら)集』などがある。本文は「白秋全集」2によった。

発表——一九一〇（明治四三）年
高校国語教科書初出——一九五五（昭和三〇）年
三省堂『新国語 三訂版 文学二』

小景異情

室生犀星（むろうさいせい）

その二

ふるさとは遠きにありて思ふもの
そして悲しくうたふもの
よしや
うらぶれて異土の乞食（かたゐ）となるとても
帰るところにあるまじや
ひとり都のゆふぐれに
ふるさとおもひ涙ぐむ
そのこころもて
遠きみやこにかへらばや

遠きみやこにかへらばや

――出典『抒情小曲集』

発表――一九一三（大正二）年
高校国語教科書初出――一九五九（昭和三四）年
筑摩書房『国語二』

寂しき春

室生犀星

したたり止(や)まぬ日のひかり
うつうつまはる水ぐるま
あをぞらに
越後(ゑちご)の山も見ゆるぞ
さびしいぞ

一日(いちにち)もの言はず
野にいでてあゆめば
菜種のはなは波をつくりて
いまははや
しんにさびしいぞ

――出典『抒情小曲集』

1 越後　現在の新潟県の古い国名。

室生犀星――一八八九（明治二二）―一九六二（昭和三七）年。詩人・小説家。石川県に生まれた。本名、照道（てるみち）。貧窮と放浪の生活の中で、独特の自由詩型を作り上げた。詩集に『抒情小曲集』『愛の詩集』など、小説に『性に眼覚（めざ）める頃』『あにいもうと』『杏（あんず）っ子』などがある。本文は「室生犀星全集」第一巻によった。

発表――一九一四（大正三）年
高校国語教科書初出――一九五三（昭和二八）年
大阪教育図書『新編国語文学二』
大修館書店『高等国語（一上）』

竹

萩原朔太郎（はぎわらさくたろう）

光る地面に竹が生え、
青竹が生え、
地下には竹の根が生え、
根がしだいにほそらみ、
根の先より繊毛が生え、
かすかにけぶる繊毛が生え、
かすかにふるへ。

かたき地面に竹が生え、
地上にするどく竹が生え、
まつしぐらに竹が生え、

凍れる節節りんりんと、
青空のもとに竹が生え、
竹、竹、竹が生え。

――出典『月に吠える』

1 繊毛 極めて細く短い毛。

発表――一九一五（大正四）年
高校国語教科書初出――一九五二（昭和二七）年
三省堂『新国語（改訂版）文学二』

遺伝

萩原朔太郎

人家は地面にへたばつて
おほきな蜘蛛(くも)のやうに眠つてゐる。
さびしいまつ暗な自然の中で
動物は恐れにふるへ
なにかの夢魔(むま)におびやかされ
かなしく青ざめて吠(ほ)えてゐます。
のをあある　とをあある　やわあ

もろこしの葉は風に吹かれて
さわさわと闇に鳴つてる。
お聴き！しづかにして

道路の向うで吠えてゐる
あれは犬の遠吠だよ。
　のをあある　とをあある　やわあ

「犬は病んでゐるの？　お母さん。」
「いいえ子供
犬は飢ゑてゐるのです。」

遠くの空の微光の方から
ふるへる物象のかげの方から
犬はかれらの敵を眺めた
遺伝の　本能の　ふるいふるい記憶のはてに
あはれな先祖のすがたをかんじた。

犬のこころは恐れに青ざめ

夜陰の道路にながく吠える。
　のをあある　とをあある　のをあある　やわああ

「犬は病んでゐるの？　お母あさん。」
「いいえ子供
犬は飢ゑてゐるのですよ。」

——出典『青猫』

発表——一九二一（大正一〇）年
高校国語教科書初出——一九五三（昭和二八）年
三省堂『高等国語　改訂版　三上』

旅上

萩原朔太郎

ふらんすへ行きたしと思へども
ふらんすはあまりに遠し
せめては新しき背広をきて
きままなる旅にいでてみん。
汽車が山道をゆくとき
みづいろの窓によりかかりて
われひとりうれしきことをおもはむ
五月の朝のしののめ
うら若草のもえいづる心まかせに。

――出典『純情小曲集』

萩原朔太郎――一八八六（明治一九）―一九四二（昭和一七）年。詩人。群馬県に生まれた。病める魂・倦怠（けんたい）など、感情のイメージを新しいスタイルで表出し、現代詩の確立に大きく貢献した。詩集に『月に吠える』『青猫』『氷島』など、評論集に『詩の原理』などがある。本文は「萩原朔太郎全集」第一巻・第二巻によった。

発表――一九一三（大正二）年
高校国語教科書初出――一九五一（昭和二六）年
三省堂『高等国語上』

自分は見た

千家元麿

自分は見た。
とある場末の貧しき往来に平行した下駄屋の店で
夫は仕事場の木屑の中に坐り
妻は赤子を抱いて座敷に通るあがりがまちに腰をかけ
老いたる父は板の間に立ち
凡ての人は運動を停止し
同じ思ひに顔を曇らせ茫然として眼を見合してゐるのを
その顔に現れた深い痛苦、
中央にありて思案に咽ぶ如き痛ましき妻の顔
妻を頼りに思ふ如く片手に削りかけの下駄をもちて
その顔を仰いだる弱々しき夫の顔、

二人を見下ろして老いの愛情に輝く父の顔
無心に母の乳に食ひつく赤児の顔
その暗き茫然として自失したる如き光景を自分は忘れない。
それを思ふ度に涙が出て来る。
何事のありしかは知らず
されど自分は未だかかる痛苦に迫つた顔を見し事なし
かかる暗き光景を見し事なし

――出典『自分は見た』

千家元麿――一八八八（明治二一）―一九四八（昭和二三）年。詩人。東京都に生まれた。一九一二年、雑誌「テラコッタ」を創刊。一九一八年に第一詩集『自分は見た』を刊行する。武者小路実篤をはじめとする白樺派の人々と交流があり、庶民的な生活感情を人道主義的にうたいあげた。本文は「千家元麿全集」上巻によった。

発表――一九一八（大正七）年
高校国語教科書初出――一九五五（昭和三〇）年
三省堂『新国語 三訂版 文学二』

道程

高村光太郎（たかむらこうたろう）

僕の前に道はない
僕の後ろに道は出来る
ああ、自然よ
父よ
僕を一人立ちにさせた広大な父よ
僕から目を離さないで守る事をせよ
常に父の気魄（きはく）を僕に充（み）たせよ
この遠い道程のため
この遠い道程のため

――出典『道程』

発表——一九一四（大正三）年
高校国語教科書初出——一九五〇（昭和二五）年
秀英出版『われわれの国語（一）』

ぼろぼろな駝鳥

高村光太郎

何が面白くて駝鳥を飼ふのだ。
動物園の四坪半のぬかるみの中では、
脚が大股過ぎるぢやないか。
頸があんまり長過ぎるぢやないか。
雪の降る国にこれでは羽がぼろぼろ過ぎるぢやないか。
腹がへるから堅パンも食ふだらうが、
駝鳥の眼は遠くばかり見てゐるぢやないか。
身も世もない様に燃えてゐるぢやないか。
瑠璃色の風が今にも吹いて来るのを待ちかまへてゐるぢやないか。
あの小さな素朴な頭が無辺大の夢で逆まいてゐるぢやないか。
これはもう駝鳥ぢやないぢやないか。

人間よ、
もう止(よ)せ、こんな事は。

――出典「猛獣篇(へん)」

1 坪　一坪は、約三・三平方メートル。

発表――一九二八（昭和三）年
高校国語教科書初出――一九五七（昭和三二）年
秀英出版『近代の詩歌評論』

レモン哀歌

高村光太郎

そんなにも[1]あなたはレモンを待つてゐた
かなしく白くあかるい死の床で
わたしの手からとつた一つのレモンを
あなたのきれいな歯がりりと嚙(か)んだ
[2]トパアズいろの香気が立つ
その数滴の天のものなるレモンの汁は
ぱつとあなたの意識を正常にした
あなたの青く澄んだ眼(め)がかすかに笑ふ
わたしの手を握るあなたの力の健康さよ
あなたの咽喉(のど)に嵐はあるが
かういふ命の瀬戸ぎはに

智恵子(ちゑこ)はもとの智恵子となり
生涯の愛を一瞬にかたむけた
それからひと時
昔山巓(さんてん)でしたやうな深呼吸を一つして
あなたの機関はそれなり止まつた
写真の前に挿した桜の花かげに
すずしく光るレモンを今日も置かう

――出典『智恵子抄』

1 **あなた** 光太郎の妻、高村智恵子（一八八六—一九三八年）をさす。 2 **トパアズ** 宝石の一つ。黄玉。トパーズ。 3 **山巓** 山頂。

高村光太郎——一八八三（明治一六）—一九五六（昭和三一）年。詩人・彫刻家。東京都に生まれた。本名、光太郎。彫刻を学び、ロダンの影響を受ける。彫刻の創作活動を続けながら、多くの詩作品や詩論・美術論を残した。詩集『道程』『智恵子抄』『典型』、芸術論集『造型美論』『美について』など、翻訳『ロダンの言葉』その他がある。本文は「高村光太郎全集」第一巻・第二巻によった。

発表——一九三九（昭和一四）年
高校国語教科書初出——一九五三（昭和二八）年
大修館書店『高等国語（一上）』

犬吠岬（いぬぼうざき）旅情のうた

佐藤春夫（さとうはるお）

ここに来て
をみなならひ
名も知らぬ草花をつむ。
みづからの影踏むわれは
仰がねば
燈台（とうだい）の高きを知らず。
波のうねうね
ふる里のそれには如（し）かず。
ただ思ふ
荒磯（ありそ）に生ひて松のいろ
錆（さ）びて黒きを。

わがこころ
錆びて黒きを。

――出典『佐藤春夫詩集』

1 犬吠岬　犬吠埼。千葉県利根川河口の南にある岬。

佐藤春夫――一八九二（明治二五）―一九六四（昭和三九）年。詩人・小説家。和歌山県に生まれた。「明星」「スバル」「三田文学」に詩歌・小品を発表し、後、散文の世界に自己を見出だし、『田園の憂鬱』『都会の憂鬱』で文学の基盤を確立した。詩集に『殉情詩集』などがある。本文は「佐藤春夫全詩集」第一巻によった。

発表――一九一一（明治四四）年
高校国語教科書初出――一九七二（昭和四七）年
中央図書出版社『高等学校現代国語3　三訂版』

永訣（えいけつ）の朝

宮澤賢治（みやざわけんじ）

けふのうちに
とほくへいつてしまふわたくしのいもうと[1]よ
みぞれがふつておもてはへんにあかるいのだ
（あめゆじゆ[2]とてちてけんじや）
うすあかくいつさう陰惨な雲から
みぞれはびちよびちよふつてくる
（あめゆじゆとてちてけんじや）
青い蓴菜（じゆんさい）[3]のもやうのついた
これらふたつのかけた陶椀（たうわん）に
おまへがたべるあめゆきをとらうとして
わたくしはまがつたてつぽうだまのやうに

このくらいみぞれのなかに飛びだした
（あめゆじゆとてちてけんじや）
蒼鉛（さうえん）[4]いろの暗い雲から
みぞれはびちよびちよ沈んでくる
ああとし子
死ぬといふいまごろになつて
わたくしをいつしやうあかるくするために
こんなさつぱりした雪のひとわんを
おまへはわたくしにたのんだのだ
ありがたうわたくしのけなげないもうとよ
わたくしもまつすぐにすすんでいくから
（あめゆじゆとてちてけんじや）
はげしいはげしい熱やあえぎのあひだから
おまへはわたくしにたのんだのだ
銀河や太陽、気圏[5]などとよばれたせかいのそらからおちた雪のさいごのひとわんを……
……ふたきれのみかげせきざい[6]に
みぞれはさびしくたまつてゐる
わたくしはそのうへにあぶなくたち
雪と水とのまつしろな二相系[7]をたもち
すきとほるつめたい雫(しづく)にみちた
このつややかな松のえだから
わたくしのやさしいいもうとの
さいごのたべものをもらつていかう
わたしたちがいつしよにそだつてきたあひだ
みなれたちやわんのこの藍のもやうにも
もうけふおまへはわかれてしまふ
(Ora Orade Shitori egumo)[8]
ほんたうにけふおまへはわかれてしまふ
あぁあのとざされた病室の

くらいびやうぶやかやのなかに
やさしくあをじろく燃えてゐる
わたくしのけなげないもうとよ
この雪はどこをえらばうにも
あんまりどこもまつしろなのだ
あんなおそろしいみだれたそらから
このうつくしい雪がきたのだ
（うまれでくるたて[9]
　こんどはこたにわりやのごとばかりで
　くるしまなあよにうまれてくる）
おまへがたべるこのふたわんのゆきに
わたくしはいまこころからいのる
どうかこれが天上のアイスクリーム[10]になつて
やがてはおまへとみんなとに
聖(きよ)い資糧(かて)をもたらすやうに

わたくしのすべてのさいはひをかけてねがふ

——出典『春と修羅』

1 **いもうと** 作者と二つ違いの妹、トシ。一九二二年十一月二十七日死亡。2 **あめゆじゅとてちてけんじや** あめゆき（みぞれ）を取ってきてください。3 **蓴菜** スイレン科の多年生水草。若芽・若葉を食用にする。4 **蒼鉛** 金属元素の一つ。灰白色で赤みを帯びている。ビスマス。5 **気圏** 地球を包む大気のある範囲。6 **みかげせきざい** 御影石（花崗岩）の石材。7 **二相系** ここでは、水が液体と固体の二つの状態で共存すること。8 **Ora Orade Shitori egumo** わたしはわたしで一人行きます。9 **うまれでくるたて……** また人に生まれてくる時は、こんなに自分のことばかりで苦しまないように生まれてきます。10 **天上のアイスクリームになつて** この部分、「兜率の天の食に変つて」とする版もある。

発表——一九二四（大正一三）年
高校国語教科書初出——一九五九（昭和三四）年
筑摩書房『国語二』

告別

宮澤賢治

おまへの[1]バスの三連音が
どんなぐあいに鳴ってゐたかを
おそらくおまへはわかってゐまい
その純朴さ希(のぞ)みに充(み)ちたたのしさは
ほとんどおれを草葉のやうに顫(ふる)はせた
もしもおまへがそれらの音の特性や
立派な無数の順列を
はっきり知って自由にいつでも使へるならば
おまへは辛(つら)くてそしてかがやく天の仕事もするだらう
[2]泰西著名の楽人たちが
[3]幼齢[4]弦や[5]鍵器をとって

すでに一家をなしたがやうに
おまへはそのころ
この国にある皮革の鼓器と
竹でつくった管(かん)とをとった
けれどもいまごろちゃうどおまへの年ごろで
おまへの素質と力をもってゐるものは
町と村との一万人のなかになら
おそらく五人はあるだらう
それらのひとのどの人もまたどのひとも
五年のあひだにそれを大抵無くすのだ
生活のためにけづられたり
自分でそれをなくすのだ
すべての才や力や材といふものは
ひとにとどまるものでない
ひとさへひとにとどまらぬ

云はなかったが、
おれは四月はもう学校に居ないのだ
恐らく暗くけはしいみちをあるくだらう
そのあとでおまへのいまのちからがにぶり
きれいな音の正しい調子とその明るさを失って
ふたたび回復できないならば
おれはおまへをもう見ない
なぜならおれは
すこしぐらゐの仕事ができて
そいつに腰をかけてるやうな
そんな多数をいちばんいやにおもふのだ
もしもおまへが
よくきいてくれ
ひとりのやさしい娘をおもふやうになるそのとき
おまへに無数の影と光の像があらはれる

おまへはそれを音にするのだ
みんなが町で暮(くら)したり
一日あそんでゐるときに
おまへはひとりであの石原の草を刈る
そのさびしさでおまへは音をつくるのだ
多くの侮辱や窮乏の
それらを噛(か)んで歌ふのだ
もしも楽器がなかったら
いいかおまへはおれの弟子なのだ
ちからのかぎり
そらいっぱいの
光でできたパイプオルガンを弾くがいい

――出典「春と修羅　第二集」

1 バス［英語］bass ハーモニーの最低音部。2 泰西　西洋のこと。3 幼齢　小さい頃。4 弦　弦楽器。5 鍵器　鍵盤楽器。

宮澤賢治——一八九六（明治二九）—一九三三（昭和八）年。詩人・童話作家。岩手県に生まれた。農業学校教師・農村指導者として活動したが、生前は無名に近く、死後、多くの未発表作品が広く知られるようになった。詩稿のほか、童話『オツベルと象』『風の又三郎』『銀河鉄道の夜』などがある。「告別」は、詩集としての刊行が意図されながら、実現しなかった「春と修羅　第二集」中の詩稿である。本文は「新校本宮澤賢治全集」第二巻・第三巻によった。

発表——創作は一九二五（大正一四）年。
高校国語教科書初出——一九九〇（平成二）年
筑摩書房『新編現代文』

母

吉田一穂（よしだいっすい）

ああ麗（うる）はしい距離（ディスタンス）[1]
つねに遠のいてゆく風景……

悲しみの彼方（かなた）、母への、
捜（さぐ）り打つ夜半の最弱音（ピアニッシモ）[2]。

——出典『海の聖母』

1 デスタンス［英語］distance　2 ピアニッシモ［イタリア語］pianissimo

吉田一穂――一八九八（明治三一）―一九七三（昭和四八）年。詩人。北海道に生まれた。本名、由雄（よしお）。初め短歌を作っていたが、その後、詩作に入った。時間・空間・意志の三本の軸をモメントとする独自な三行詩を試みるなど、象徴詩の確立に生涯をかけた。詩集『未来者』、詩論集『古代緑地』などがある。本文は「現代日本文学大系」41によった。

発表――一九二六（大正一五）年
高校国語教科書初出――一九七四（昭和四九）年
三省堂『新版現代国語2』

皿

高橋新吉（たかはししんきち）

皿皿皿皿皿皿皿皿皿皿皿皿皿皿皿皿皿皿皿皿
倦怠（けんたい）
　額に蚯蚓（みみず）這ふ情熱
白米色のエプロンで
皿を拭くな
鼻の巣の黒い女
其処（そこ）にも諧謔（かいぎゃく）が燻（く）すぶつてゐる
　人生を水に溶かせ
冷めたシチユーの鍋に
退屈が浮く
皿を割れ

皿を割れば
倦怠の響(ひびき)が出る。

——出典『ダダイスト新吉の詩』

高橋新吉——一九〇一（明治三四）—八七（昭和六二）年。詩人。愛媛県に生まれた。一九二〇年、新聞「万(よろず)朝報」でヨーロッパの反芸術運動であるダダイズムに関する記事を読んで衝撃を受け、「断言はダダイスト」などの作品を書いて日本のダダイストの先駆者になった。本文は「現代日本文学大系」67によった。

発表——一九二二（大正一一）年
高校国語教科書初出——二〇〇〇（平成一二）年
筑摩書房『現代文 改訂版』

春

安西冬衛

てふてふ[1]が一匹韃靼海峡[2]を渡つて行つた。

——出典『軍艦茉莉』

1 てふてふ　蝶蝶。　2 韃靼海峡　間宮海峡の旧称。サハリン（樺太）北部とシベリア東岸との間にある。南は日本海につながっている。最狭部は幅約七キロメートルで、冬は凍結する。

安西冬衛——一八九八（明治三一）—一九六五（昭和四〇）年。詩人。奈良県に生まれた。本名、勝。一九二四年、北川冬彦らと詩誌「亜」を創刊して短詩運動を展開し、「春」はイメージの豊かさにおいてひろく世評を呼んだ。詩集に『亜細亜の鹹湖』などがある。本文は「安西冬衛全詩集」によった。

発表——一九二六（大正一五）年
高校国語教科書初出——一九五六（昭和三一）年
教育図書『国語一　高等学校用』

素朴な琴

八木重吉（やぎじゅうきち）

この明るさのなかへ
ひとつの素朴な琴をおけば
秋の美（うつ）くしさに耐へかね
琴はしづかに鳴りいだすだらう

――出典『貧しき信徒』

八木重吉――一八九八（明治三一）―一九二七（昭和二）年。詩人。東京都に生まれた。英語教諭を勤めるかたわら詩作を始め、一九二五年、詩集『秋の瞳（ひとみ）』を刊行した。短い生涯の中で、三千編近い詩を残した。そこには求道（ぐどう）的なキリスト教信仰を背景にした、死生観や自然・宇宙観などが短い平易な言葉で表れている。詩集に『貧しき信徒』などがある。本文は「八木重吉全集」第二巻によった。

発表――一九二六（大正一五）年
高校国語教科書初出――一九五六（昭和三一）年
三省堂『高等国語二下　三訂版』

乳母車

三好達治

母よ——
淡くかなしきもののふるなり
紫陽花いろのもののふるなり
はてしなき並樹のかげを
そうそうと風のふくなり

時はたそがれ
母よ　私の乳母車を押せ
泣きぬれる夕陽にむかつて
轔々と私の乳母車を押せ

赤い総ある天鵞絨の帽子を
つめたき額にかむらせよ
旅いそぐ鳥の列にも
季節は空を渡るなり

淡くかなしきもののふる
紫陽花いろのもののふる道
母よ　私は知つてゐる
この道は遠く遠くはてしない道

――出典『測量船』

1　轔々　車がきしり行く様子。

発表――一九二六（大正一五）年
高校国語教科書初出――一九六〇（昭和三五）年
三省堂『高等学校新国語総合　改訂版　二』
大修館書店『新高等国語　新訂版　3』

甃（いし）[1]のうへ

三好達治

あはれ花びらながれ
をみなごに花びらながれ
をみなごしめやかに語らひあゆみ
うららかの跫音（あしおと）空にながれ
をりふしに瞳をあげて
翳（かげ）りなきみ寺の春をすぎゆくなり
み寺の甍（いらか）みどりにうるほひ
廂（ひさし）々に
風鐸（ふうたく）[2]のすがたしづかなれば
ひとりなる
わが身の影をあゆまする甃のうへ

——出典『測量船』

1 甃　敷石を敷きつめた石畳。　2 風鐸　仏堂や塔の軒につるしてある鐘型の鈴。

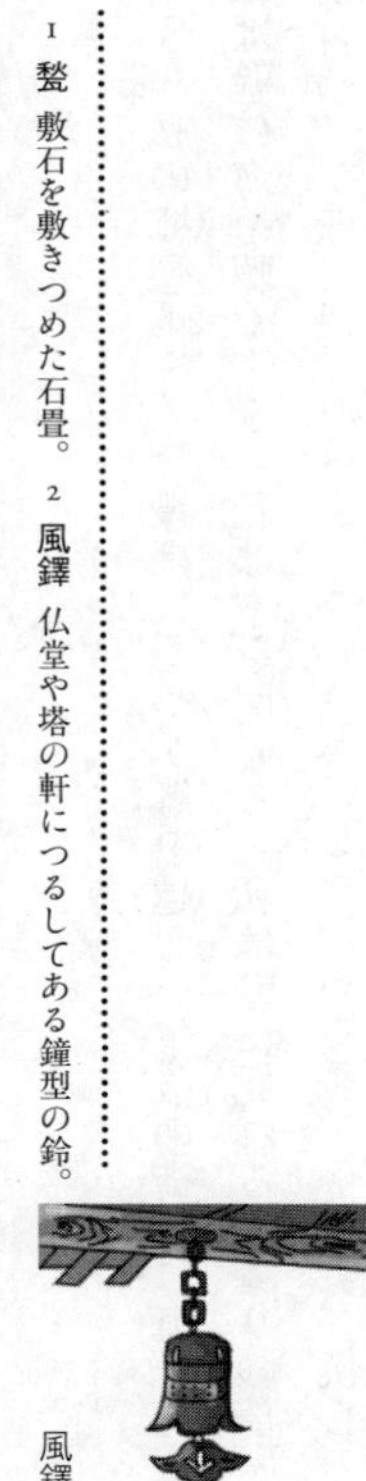
風鐸

発表——一九二六（大正一五）年
高校国語教科書初出——一九五二（昭和二七）年
中等教育研究会『新選国語（一）上』

郷愁

三好達治

蝶(てふ)のやうな私の郷愁!……。蝶はいくつか籬(まがき)[1]を越え、午後の街角に海を見る……。私は壁に海を聴く……。私は本を閉ぢる。私は壁に凭(もた)れる。隣りの部屋で二時が打つ。「海、遠い海よ! と私は紙にしたためる。——海よ、僕らの使ふ文字では、お前の中に母がゐる[2]。そして母よ、仏蘭西(フランス)人[3]の言葉では、あなたの中に海がある。」

——出典『測量船』

1 籬　竹・柴などを編んで作った垣。 2 お前の中に母がゐる　「海」という漢字の旧字体は「海」。
3 あなたの中に海がある　フランス語では、「母」は mère、「海」は mer。発音はともに〔mɛːr〕である。

三好達治――一九〇〇（明治三三）―六四（昭和三九）年。詩人。大阪府に生まれた。詩誌「詩と詩論」「四季」の同人として活躍し、新しい叙情精神を昭和詩壇にもたらした。詩集に『測量船』『艸千里』『故郷の花』などがある。本文は「三好達治全集」第一巻によった。

発表――一九三〇（昭和五）年
高校国語教科書初出――一九八二（昭和五七）年
筑摩書房『高等学校用国語1』
明治書院『基本国語1』

汽車にのつて

丸山薫(まるやまかおる)

汽車に乗つて
あいるらんど[1]のやうな田舎へ行かう
ひとびとが祭の日傘をくるくるまはし
日が照りながら雨のふる
あいるらんどのやうな田舎へ行かう
窓に映つた自分の顔を道づれにして
湖水をわたり　隧道(とんねる)をくぐり
珍(めづ)らしい顔の少女(をとめ)や牛の歩いてゐる
あいるらんどのやうな田舎へ行かう

――出典『幼年』

1 **あいるらんど**　実在のアイルランドはイギリス本国グレートブリテン島の西方にある島で、現在はイギリス領北アイルランドと南部のアイルランド共和国とに分かれる。温暖湿潤な気候で降雨日数は年間二百日を超える。天候は非常に変わりやすい。濃い緑が保たれているため「エメラルドの島」と呼ばれることもある。

丸山　薫——一八九九（明治三二）—一九七四（昭和四九）年。詩人。大分県に生まれた。一九三二年、第一詩集『帆・ランプ・鷗（かもめ）』を刊行、三四年には堀辰雄（ほりたつお）・三好達治（みよしたつじ）らと詩誌「四季」を創刊した。詩集に『物象詩集』『点鐘鳴るところ』『北国』などがある。本文は「現代日本文学大系」93によった。

発表——一九二七（昭和二）年
高校国語教科書初出——一九九八（平成一〇）年
筑摩書房『新編国語Ｉ　改訂版』

天気

西脇順三郎（にしわきじゅんざぶろう）

（覆された宝石）のやうな朝
何人か戸口にて誰かとささやく
それは神の生誕の日。

——出典『*Ambarvalia*』

発表——一九三三（昭和八）年
高校国語教科書初出——一九六四（昭和三九）年
筑摩書房『現代国語2』
角川書店『高等学校現代国語二』

雨

西脇順三郎

南風は柔い女神をもたらした。
青銅をぬらした、噴水をぬらした、
ツバメの羽と黄金の毛をぬらした、
潮をぬらし、砂をぬらし、魚をぬらした。
静かに寺院と風呂場と劇場をぬらした、
この静かな柔い女神の行列が
私の舌をぬらした。

――出典『*Ambarvalia*』

西脇順三郎――一八九四（明治二七）―一九八二（昭和五七）年。詩人・英文学者。新潟県に生まれた。日本およびイギリスの大学に学ぶ。中世英語英文学・言語学を専攻した。一九三三年に刊行された詩集『*Ambarvalia*』で、超現実的で主知的な詩風を樹立したが、戦後の詩集『旅人かへらず』『近代の寓話（ぐうわ）』に至ると、東洋思想の無常観が加わり、独自の詩境が開かれた。「天気」「雨」は、ともに「ギリシア的抒情（じょじょう）詩」と題された作品群に収められている。本文は「定本西脇順三郎全集」第一巻によった。

発表――一九三三（昭和八）年
高校国語教科書初出――一九六四（昭和三九）年
筑摩書房『現代国語2』

勧酒

于武陵（うぶりょう）
井伏鱒二（いぶせますじ）訳

勧君金屈巵[1]
満酌不須辞
花発多風雨
人生足別離

コノサカヅキヲ受ケテクレ
ドウゾナミナミツガシテオクレ
ハナニアラシノタトヘモアルゾ
「サヨナラ」ダケガ人生ダ

——出典『厄除（やくよ）け詩集』

酒を勧む
君に勧む金屈卮
満酌辞するを須ひず
花発きて風雨多し
人生別離足る

1 金屈卮 曲がった取っ手のついた金のさかずき。

于武陵――八一〇―?。晩唐の詩人。孤高を保ち、栄達や富貴を求めなかったという。「勧酒」は『唐詩選』『全唐詩』に載る。

井伏鱒二――一八九八（明治三一）―一九九三（平成五）年。小説家。広島県に生まれた。本名、満寿二。『山椒魚』『さざなみ軍記』『ジョン万次郎漂流記』『本日休診』『黒い雨』など、ユーモアとかなしみが自然とにじみ出るような数多くの小説を発表した。「勧酒」は『厄除け詩集』の「訳詩」の一つである。本文は「井伏鱒二全集」第二十八巻によった。なお、訓読は編集部によるものである。

発表――一九三五（昭和一〇）年
高校国語教科書初出――一九八三（昭和五八）年
教育出版『現代文』

歌

中野重治（なかのしげはる）

おまえは歌うな
おまえは赤ままの花[1]やとんぼの羽根を歌うな
風のささやきや女の髪の毛の匂いを歌うな
すべてのひよわなもの
すべてのうそうそ[2]としたもの
すべてのものうげなものを撥（はじ）き去れ
すべての風情を擯斥（ひんせき）[3]せよ
もつぱら正直のところを
腹の足しになるところを
胸さきを突きあげてくるぎりぎりのところを歌え
たたかれることによつて弾（は）ねかえる歌を

耻辱の底から勇気を汲みくる歌を
それらの歌々を
咽喉（のど）をふくらまして厳しい韻律に歌いあげよ
それらの歌々を
行く行く人びとの胸郭にたたきこめ

——出典『中野重治詩集』

1 **赤まま** イヌタデのこと。タデ科の一年生草本。高さ約三〇センチ。子供のままごとでその花を赤飯として遊ぶので、この名がある。「あかのまんま」「あかまま」とも。 2 **うそうそとしたもの** 不安そうで、たよりないもの。 3 **擯斥** しりぞけること。

赤まま

中野重治――一九〇二（明治三五）―七九（昭和五四）年。詩人・小説家・評論家。福井県に生まれた。大学在学中に、堀辰雄らと同人誌「驢馬」を創刊。一方、プロレタリア文学運動に参加し、入出獄の曲折を体験した。詩集は『中野重治詩集』一冊だけであるが、詩人的資質は小説などにもあふれている。小説に『村の家』『歌のわかれ』『むらぎも』『梨の花』『甲乙丙丁』などがあり、評論に『斎藤茂吉ノオト』などがある。本文は「中野重治全集」第一巻によった。

発表――一九二六（大正一五）年
高校国語教科書初出――一九六五（昭和四〇）年
筑摩書房『現代国語3』
尚学図書『高等学校現代国語三』

わがひとに与ふる哀歌

伊東静雄（いとうしずお）

太陽は美しく輝き
あるひは　太陽の美しく輝くことを希（ねが）ひ
手をかたくくみあはせ
しづかに私たちは歩いて行つた
かく誘ふものの何であらうとも
私たちの内の
誘はるる清らかさを私は信ずる
無縁のひとはたとへ
鳥々は恒（つね）に変（かは）らず鳴き
草木の囁（ささや）きは時をわかたずとするとも
いま私たちは聴く

私たちの意志の姿勢で
それらの無辺な広大の讃歌(さんか)を
ああ　わがひと
輝くこの日光の中に忍びこんでゐる
音なき空虚を
歴然と見わくる目の発明の
何にならう
如(し)[1]かない　人気(ひとけ)ない山に上(のぼ)り
切に希はれた太陽をして
殆(ほとん)ど死した湖の一面に遍照(へんぜう)[2]さするのに

——出典『わがひとに与ふる哀歌』

[1] 如かない　及ばない。
[2] 遍照　あまねく照らすこと。

伊東静雄——一九〇六（明治三九）—五三（昭和二八）年。詩人。長崎県に生まれた。中学校（旧制）教諭を勤めるかたわら、雑誌「コギト」「日本浪曼派（ろうまんは）」などの同人として詩作に努めた。意志的な姿勢をうかがわせる独自の発想法と思想性の高い知的な叙情で新風を示した。詩集に『わがひとに与ふる哀歌』『夏花』『春のいそぎ』『反響』がある。本文は「定本伊東静雄全集」によった。

発表——一九三四（昭和九）年
高校国語教科書初出——一九六五（昭和四〇）年
三省堂『現代国語　三』

サーカス

中原中也（なかはらちゆうや）

幾時代かがありまして
　茶色い戦争ありました

幾時代かがありまして
　冬は疾風吹きました

幾時代かがありまして
　今夜此処（ここ）での一（ひ）と殷盛（いさか）り
　　今夜此処での一と殷盛り

サーカス小屋は高い梁（はり）

　そこに一つのブランコだ
見えるともないブランコだ

頭倒(さか)さに手を垂れて
　汚れ木綿の屋蓋(やね)のもと
ゆあーん　ゆよーん　ゆやゆよん

それの近くの白い灯が
　安値(やす)いリボンと息を吐き

観客様はみな鰯(いわし)
　咽喉(のんど)が鳴ります牡蠣(かき)殻(がら)と
ゆあーん　ゆよーん　ゆやゆよん

　屋外(やぐわい)は真ッ闇(くら)　闇(くら)の闇(くら)

夜は劫々[3]と更けまする
落下傘奴のノスタルヂア[4]と
ゆあーん　ゆよーん　ゆやゆよん

——出典『山羊の歌』

1 **殷盛り** 大にぎわい。 2 **屋蓋** テントの屋根。 3 **劫々と** 時々刻々。しだいにしだいに。永遠に、果てしなく、の意とする説もある。読みについても、「ごうごうと」とする説がある。 4 **ノスタルヂア** [英語] nostalgia 郷愁。故郷や過去を懐かしむ気持ち。

発表——一九二九（昭和四）年
高校国語教科書初出——一九八九（平成元）年
教育出版『最新国語２』
第一学習社『高等学校国語二 三訂版』

汚れつちまつた悲しみに……

中原中也

汚れつちまつた悲しみに
今日も小雪の降りかかる
汚れつちまつた悲しみに
今日も風さへ吹きすぎる

汚れつちまつた悲しみは
たとへば狐(きつね)の革裘(かはごろも)
汚れつちまつた悲しみは
小雪のかかつてちぢこまる

汚れつちまつた悲しみは

なにのぞむなくねがふなく
汚れつちまつた悲しみは
倦怠[2](けだい)のうちに死を夢む

汚れつちまつた悲しみに
いたいたしくも怖気(おぢけ)づき
汚れつちまつた悲しみに
なすところもなく日は暮れる……

――出典『山羊の歌』

1 **革裘** 毛皮で作った防寒着。 2 **倦怠** けんたい。飽きて嫌になること。

発表――一九三〇（昭和五）年
高校国語教科書初出――一九七四（昭和四九）年
教育出版『現代国語二』

一つのメルヘン[1]

中原中也

秋の夜は、はるかの彼方（かなた）に、
小石ばかりの、河原があつて、
それに陽（ひ）は、さらさらと
さらさらと射（さ）してゐるのでありました。

陽といっても、まるで珪石（けいせき）[2]か何かのやうで、
非常な個体の粉末のやうで、
さればこそ、さらさらと
かすかな音を立ててもゐるのでした。

さて小石の上に、今しも一つの蝶（てふ）がとまり、

淡い、それでゐてくつきりとした
影を落としてゐるのでした。

やがてその蝶がみえなくなると、いつのまにか、
今迄(まで)流れてもゐなかつた川床に、水は
さらさらと、さらさらと流れてゐるのでありました……

――出典『在りし日の歌』

1 メルヘン［ドイツ語］Märchen 童話・おとぎ話、の意。 2 珪石 珪素の化合物から成る岩石。石英を含むものが多い。

中原中也――一九〇七（明治四〇）―三七（昭和一二）年。詩人。山口県に生まれた。ランボーなどフランス象徴詩人の影響を強く受け、虚無感や孤独をうたって独特の世界観を築いた。詩誌「歴程」「四季」に同人として参加。詩集に『山羊の歌』『在りし日の歌』などがある。本文は「新編中原中也全集」第一巻によった。

発表――一九三六（昭和一一）年
高校国語教科書初出――一九五八（昭和三三）年
角川書店『高等学校国語二総合』

のちのおもひに

立原道造（たちはらみちぞう）

夢はいつもかへつて行つた　山の麓のさびしい村に
水引草（みづひきぐさ）[1]に風が立ち
草ひばり[2]のうたひやまない
しづまりかへつた午（ひる）さがりの林道を

うらうらかに青い空には陽（ひ）がてり　火山は眠つてゐた
――そして私は
見て来たものを　島々を　波を　岬を　日光月光を
だれもきいてゐないと知りながら　語りつづけた……

夢は　そのさきには　もうゆかない

なにもかも　忘れ果てようとおもひ
忘れつくしたことさへ　忘れてしまつたときには

夢は　真冬の追憶のうちに凍るであらう
そして　それは戸をあけて　寂寥（せきれう）のなかに
星くづにてらされた道を過ぎ去るであらう

——出典『萱草（わすれぐさ）に寄す』

1 **水引草** タデ科の多年草。高さは約六〇センチメートル。夏から秋、花穂（かすい）に赤または白の小花が咲く。 2 **草ひばり** クサヒバリ科の昆虫。体長は一センチメートルにも満たない。八月頃から樹上などで美しい声で鳴く。

水引草

草ひばり

立原道造——一九一四（大正三）—三九（昭和一四）年。詩人。東京都に生まれた。旧制中学時代に短歌を発表するなど、創作活動を始め、大学を出て建築事務所に勤務した。詩集に『萱草に寄す』『暁（あかつき）と夕（ゆうべ）の詩』がある。本文は「立原道造全集」1によった。

発表——一九三六（昭和一一）年
高校国語教科書初出——一九五五（昭和三〇）年
日本書院『国語高等学校総合三』

落下傘

金子光晴

一

落下傘がひらく。
[1]じゆつなげに、
[2]旋花のやうに、しをれもつれて。

青天にひとり泛びただよふ
なんといふこの淋しさだ。
雹や
雷の

かたまる雲。
月や虹の映る天体を
ながれるパラソルの
なんといふたよりなさだ。
だが、どこへゆくのだ。
どこへゆきつくのだ。

おちこんでゆくこの速さは
なにごとだ。
なんのあやまちだ。

二

この足のしたにあるのはどこだ。

……わたしの祖国！

さいはひなるかな。わたしはあそこで生れた。
戦捷の国。
父祖のむかしから
女たちの貞淑な国。

もみ殻や、魚の骨。
ひもじいときにも微笑む
躾。
さむいなりふり
有情な風物。

あそこには、なによりわたしの言葉がすつかり通じ、かほいろの底の意味までわかりあふ、

額の狭い、つきつめた眼光、肩骨のとがつた、なつかしい朋党達が
　ゐる。

「もののふの[4]
たのみあるなかの
酒宴かな。」

洪水のなかの電柱。
草ぶきの廂にも
ゆれる日の丸。

さくらしぐれ。
石理あたらしい[5]
忠魂碑。

義理人情の並ぶ家庇。
盆栽。
おきものの富士。

三

ゆらりゆらりとおちてゆきながら
目をつぶり、
双つの足うらをすりあはせて、わたしは祈る。
「神さま。
どうぞ。まちがひなく、ふるさとの楽土につきますやうに。
風のまにまに、海上にふきながされてゆきませんやうに。
足のしたが、刹那にかききえる夢であつたりしませんやうに。
万一、地球の引力にそつぽむかれて、落ちても、落ちても、着くところがないやうな、
悲しいことになりませんやうに。」

——出典『落下傘』

1 **じゆつなげに**　しかたなさそうに。「術無げに」。 2 **旋花**　ヒルガオ科の多年草。昼顔。 3 **戦捷**　戦いに勝つこと。 4 **「もののふの……酒宴かな。」**　武人の、信頼しあう仲間同士の酒宴のたのしさを称えた言葉。謡曲『羅生門』に、「強者の交はり、頼みある中の酒宴かな。」という一節がある。 5 **忠魂碑**　忠義を尽くして死んだ人を称える碑。

ヒルガオ

発表——一九三八（昭和一三）年
高校国語教科書初出——一九七五（昭和五〇）年
学校図書『高等学校現代国語三』
筑摩書房『現代国語3』

くらげの唄

金子光晴

ゆられ、ゆられ
もまれもまれて
そのうちに、僕は
こんなに透きとほつてきた。

だが、ゆられるのは、らくなことではないよ。

外からも透いてみえるだろ。ほら。
僕の消化器のなかには
毛の禿びた歯刷子が一本、
それに、黄ろい水が少量。

心なんてきたならしいものは
あるもんかい。いまごろまで。
はらわたもろとも
波がさらつていつた。

僕？　僕とはね、
からつぽのことなのさ。
からつぽが波にゆられ、
また、波にゆりかへされ。

しをれたかとおもふと、
ふじむらさきにひらき、
夜は、夜で
ランプをともし。

いや、ゆられてゐるのは、ほんたうは
からだを失くしたこころだけなんだ。
こころをつつんでゐた
うすいオブラートなのだ。
いやいや、こんなにからつぽになるまで
ゆられ、ゆられ
もまれ、もまれた苦しさの
疲れの影にすぎないのだ！

——出典『人間の悲劇』

金子光晴――一八九五（明治二八）―一九七五（昭和五〇）年。詩人。愛知県に生まれた。一九一九年渡欧、帰国後、詩集『こがね虫』を刊行した。その後もしばしば海外を放浪し、多くの詩・文を残した。詩集に『鮫（さめ）』『落下傘』など、紀行文に『マレー蘭印（らんいん）紀行』がある。本文は『定本金子光晴全詩集』によった。

発表――一九五二（昭和二七）年
高校国語教科書初出――一九七五（昭和五〇）年
教育出版『現代国語三』
三省堂『新版現代国語3』

生ましめんかな

栗原貞子（くりはらさだこ）

こわれたビルディングの地下室の夜だった。
原子爆弾の負傷者たちは
ローソク一本ない暗い地下室を
うずめて、いっぱいだった。
生（な）まぐさい血の匂い、死臭。
汗くさい人いきれ、うめきごえ
その中から不思議な声がきこえて来た。
「赤ん坊が生まれる」と言うのだ。
この地獄の底のような地下室で
今、若い女が産気づいているのだ。
マッチ一本ないくらがりで

どうしたらいいのだろう
人々は自分の痛みを忘れて気づかった。
と、「私が産婆です、私が生ませましょう」
と言ったのは
さっきまでうめいていた重傷者だ。
かくてくらがりの地獄の底で
新しい生命(いのち)は生まれた。
かくてあかつきを待たず産婆は
血まみれのまま死んだ。
生ましめんかな
生ましめんかな
己(おの)が命捨つとも

——出典『黒い卵』

栗原貞子――一九一三（大正二）―二〇〇五（平成一七）年。詩人。広島県に生まれた。一九四五年八月六日、自宅で被爆する。短歌・詩創作とともに、戦後は平和運動などに幅広く参加した。詩集に『ヒロシマというとき』などがある。本文は同書によった。

発表――一九四六（昭和二一）年
高校国語教科書初出――一九八三（昭和五八）年
筑摩書房『高等学校用現代文』

富士山

草野心平

作品第肆

川面に春の光はまぶしく溢れ。そよ風が吹けば光りたちの鬼ごつこ葦
の葉のささやき。行行子[1]は鳴く。行行子の舌にも春のひかり。

土堤の下のうまごやし[2]の原に。
自分の顔は両掌のなかに。
ふりそそぐ春の光りに却つて物憂く。
眺めてゐた。

少女たちはうまごやしの花を摘んでは巧みな手さばきで花環をつくる。

それをなはにして縄跳びをする。花環が円を描くとそのなかに富士がはひる。その度に富士は近づき。とほくに坐（すわ）る。

耳には行行子。

頰にはひかり。

——出典『富士山』

1 **行行子** スズメ目の小鳥。ここでは、オオヨシキリのこと。葦原（あしはら・よしはら）などに棲（す）む。 2 **うまごやし** マメ科の越年草。ここでは、シロツメクサの異称か。

ヨシキリ

発表——一九四三（昭和一八）年

高校国語教科書初出——一九五二（昭和二七）年

中等教育研究会『新選国語（一）上』

ごびらっふの独白

草野心平

るてえる　びる　もれとりり　がいく。
ぐう　であとびん　むはありんく　るてえる。
けえる　さみんだ　げらげれんで。
くろおむ　てやらあ　ろん　るるむ　かみ　う　りりうむ。
なみかんた　りんり。
なみかんたい　りんり　もろうふ　ける　げんけ　しらすてえる。
けるぱ　うりりる　うりりる　びる　るてえる。
きり　ろうふ　ぷりりん　びる　けんせりあ。
じゆろうで　いろあ　ぼらあむ　でる　あんぶりりよ。
ぷう　せりを　てる。
りりん　てる。

ぼろびいろ　てる。
ぐう　しありる　う　ぐらびら　とれも　でる　ぐりせりや　ろとう
る　ける　ありたぶりあ。
ぷう　かんせりて　る　りりかんだ　う　きんきたんげ。
ぐうら　しありるだ　けんた　るてえる　とれかんだ。
いい　げるせいた。
でるけ　ぷりむ　かににん　りんり。
おりぢぐらん　う　ぐうて　たんたけえる。
びる　さりを　とうかんてりを。
いい　びりやん　げるせえた。
ばらあら　ばらあ。

日本語訳

幸福といふものはたわいなくつていいものだ。
おれはいま土のなかの靄のやうな幸福につつまれてゐる。
地上の夏の大歓喜の。
夜ひる眠らない馬力のはてに暗闇のなかの世界がくる。
みんな孤独で。
みんなの孤独が通じあふたしかな存在をほのぼの意識し。
うつらうつらの日をすごすことは幸福である。
この設計は神に通ずるわれわれの。
侏羅紀の先祖がやつてくれた。
考へることをしないこと。
素直なこと。
夢をみること。
地上の動物のなかで最も永い歴史をわれわれがもつてゐるといふこと
は平凡ではあるが偉大である。
とおれは思ふ。

悲劇とか痛憤とかそんな道程のことではない。
われわれはただたわいない幸福をこそうれしいとする。
ああ虹が。
おれの孤独に虹がみえる。
おれの単簡な脳の組織は。
言はば即(すなは)ち天である。
美しい虹だ。
ばらあら　ばらあ。

――出典『定本蛙(かえる)』

1 侏羅紀　ジュラ紀。Jura 約二億年前から一億四千万年前までの地質時代。陸上では爬虫類が全盛をきわめていた。

草野心平――一九〇三（明治三六）―八八（昭和六三）年。詩人。福島県に生まれた。宮澤賢治も寄稿した詩誌「銅鑼」を創刊。蛙を素材とした第一詩集『第百階級』を刊行し、「蛙の詩人」として親しまれた。また、「歴程」の創刊にも加わり、特に戦後は中心的存在として多くの詩人を世に送り出した。本文は「草野心平全集」第一巻・第二巻によった。

発表――一九四八（昭和二三）年

高校国語教科書初出――一九九五（平成七）年

筑摩書房『新編国語2』

さんたる鮟鱇（あんこう）

——変な運命がわたしをみつめている　リルケ[1]

村野四郎（むらのしろう）

顎（あご）を　むざんに引っかけられ
逆さに吊（つ）りさげられた
うすい膜の中の
くったりした死
これは　いかなるもののなれの果（はて）だ

見なれない手が寄ってきて
切りさいなみ　削りとり
だんだん稀薄（きはく）になっていく　この実在
しまいには　うすい膜まで切りさられ

もう　鮟鱇はどこにも無い
惨劇は終(おわ)っている
なんにも残らない廂(ひさし)から
まだ　ぶら下(さが)っているのは
大きく曲(まが)った鉄の鉤(かぎ)だけだ

——出典『抽象の城』

1 リルケ Rainer Maria Rilke 一八七五—一九二六年。オーストリアの詩人。詩集『新詩集』、小説『マルテの手記』、書簡集『若き詩人への手紙』などがある。

村野四郎——一九〇一（明治三四）—七五（昭和五〇）年。詩人。東京都に生まれた。詩誌「詩と詩論」「新領土」などの同人として活躍し、知性と美しいイメージで、モダニズム（近代主義）の詩風を示した。詩集に『体操詩集』『抒情(じょじょう)飛行』『予感』『実在の岸辺』『抽象の城』などがあり、他に『今日の詩論』などの評論もある。本文は『村野四郎全詩集』によった。

発表——一九五四（昭和二九）年
高校国語教科書初出——一九五九（昭和三四）年
筑摩書房『国語三』

弾（たま）を浴びた島

山之口貘（やまのぐちばく）

島の土を踏んだとたんに
[1]ガンジューイとあいさつしたところ
はいおかげさまで元気ですとか言って
島の人は日本語で来たのだ
郷愁はいささか戸惑いしてしまって
[2]ウチナーグチマディン　ムル
[3]イクサニ　サッタルバスイと言うと
島の人は苦笑したのだが
沖縄語は上手ですねと来たのだ

——出典『鮪（まぐろ）に鰯（いわし）』

1 ガンジューイ　お元気か。　2 ウチナーグチマディン　ムル　沖縄方言までも　すべて。　3 イクサ
ニ　サッタルバスイ　戦争で　やられたのか。

山之口貘——一九〇三（明治三六）—六三（昭和三八）年。詩人。沖縄県に生まれた。本名、山口重三郎。一九二四年に上京、以後、さまざまな職業を転々としつつ、放浪と貧乏の生活の中で詩作に励んだ。韜晦（とうかい）的な人生観とユーモアに包まれた風刺的表現がその詩風の特色である。詩集『思弁の苑（その）』『鮪に鰯』『定本山之口貘詩集』などがある。本文は「山之口貘全集」第一巻によった。

発表——一九六三（昭和三八）年
高校国語教科書初出——一九八三（昭和五八）年
筑摩書房『高等学校用現代文』

麦

石原吉郎(いしはらよしろう)

いっぽんのその麦を
すべて苛酷な日のための
その証(あか)しとしなさい
植物であるまえに
炎であったから
穀物であるまえに
勇気であったから
上昇であるまえに
決意であったから
そうしてなによりも
収穫であるまえに

祈りであったから
天のほか　ついに
指すものをもたぬ
無数の矢を
つがえたままで
ひきとめている
信じられないほどの
しずかな茎を
風が耐える位置で
記憶しなさい

――出典『いちまいの上衣のうた』

石原吉郎――一九一五（大正四）―七七（昭和五二）年。詩人。静岡県に生まれた。敗戦と同時に、ソ連に「戦犯」として抑留され、一九五三年の釈放まで、シベリアの収容所を転々とした。帰国後、詩作をはじめる。詩集に『サンチョ・パンサの帰郷』『礼節』など、評論集に『望郷と海』などがある。本文は『石原吉郎全詩集』によった。

発表——初出不明。『いちまいの上衣のうた』は一九六七（昭和四二）年刊。
高校国語教科書初出——一九九五（平成七）年
筑摩書房『国語2』

そこにひとつの席が

黒田三郎（くろださぶろう）

そこにひとつの席がある
僕の左側に
「お坐（すわ）り」
いつでもそう言えるように
僕の左側に
いつも空いたままで
ひとつの席がある

恋人よ
霧の夜にたった一度だけ
あなたがそこに坐ったことがある

あなたには父があり母があった
あなたにはあなたの属する教会があった
坐ったばかりのあなたを
この世の掟(おきて)が何と無造作に引立(ひきた)てて行ったことか

あなたはこの世で心やさしい娘であり
つつましい信徒でなければならなかった
恋人よ
どんなに多くの者であなたはなければならなかったろう
そのあなたが一夜
掟の網を小鳥のようにくぐり抜けて
僕の左側に坐りに来たのだった

一夜のうちに
僕の一生はすぎてしまったのであろうか

ああ　その夜以来
昼も夜も僕の左側にいつも空いたままで
ひとつの席がある
僕は徒(いたず)らに同じ言葉をくりかえすのだ
「お坐り」
そこにひとつの席がある

——出典『ひとりの女に』

黒田三郎——一九一九（大正八）—八〇（昭和五五）年。詩人。広島県に生まれた。一九四七年、田村隆一、鮎川信夫(あゆかわのぶお)、木原孝一らと詩誌「荒地(あれち)」を創刊した。戦後社会に生きる小市民の感情を平明なことばでうたい、ヒューマニスティックな叙情に富んだ作品が多い。詩集『ひとりの女に』『渇いた心』『もっと高く』などがある。本文は「黒田三郎著作集」Ⅰによった。

発表——一九五四（昭和二九）年
高校国語教科書初出——一九八三（昭和五八）年
旺文社『高等学校現代文』
筑摩書房『高等学校用現代文』

夕陽（ゆうひ）

鮎川信夫（あゆかわのぶお）

夏草のうえの屋根が
すっかり見えなくなった
さっきまで子供たちが戸口から顔を出していたのに
みんな見えなくなってしまった
わたしの背後で
町はだんだん小さくなってゆく
なにもかも光と影のたわむれにすぎない
ほそい声で虫がないている
なんだって始めからやり直したりするのか
思出（おもいで）の片隅でじっとしていればよいのに

さあ丘をのぼるとしよう
この夏さえすぎれば
また冷たい風が吹いてきて
わたしの心をいたわってくれるけれど

空を追いつめて　ここまでくると
これはもう丘とはいえない
高いところへ追いつめられて
さらに高い頂き(いただ)から
より高い青空の深みへ落ちてゆく
ああ　虚心の鏡に映る
いちばん深い青空よ
これは爽快だ　わたしにも
とおくて近いこんな夕陽が沈みつつあったのか

――出典『鮎川信夫詩集』

鮎川信夫——一九二〇（大正九）—八六（昭和六一）年。詩人。東京都に生まれた。本名、上村隆一。大学卒業の年応召し、軍隊生活を体験した。作品には、苛烈な戦中・戦後の体験を背景にしたものが多い。一九四七年、詩誌「荒地(あれち)」の創刊に参加した。また、後年は詩作よりも詩評に比重をかけた。海外推理小説などの翻訳も多い。本文は「鮎川信夫著作集」第一巻によった。

発表——一九五四（昭和二九）年
高校国語教科書初出——一九八三（昭和五八）年
光村図書『現代文』

鎮魂歌

木原孝一

弟よ　おまえのほうからはよく見えるだろう
こちらからは　何も見えない

昭和三年　春
弟よ　おまえの
二回目の誕生日に
キャッチボオルの硬球がそれて
おまえのやわらかい大脳にあたった
それはどこか未来のある一瞬からはね返ったのだ
泣き叫ぶおまえには
そのとき　何が起ったのかわからなかった

1

一九二八年
世界の中心からそれたボオルが
ひとりの支那の将軍を暗殺した　そのとき
われわれには
何が起ったのかわからなかった

昭和八年　春
弟よ　おまえは
小学校の鉄の門を　一年遅れてくぐった
林檎（りんご）がひとつと　梨がふたつで　いくつ？
みいっつ
小山羊（こやぎ）が七匹います　狼（おおかみ）が三匹喰（た）べました　何匹残る？
わからない　わからない
おまえの傷ついた大脳には

ちいさな百舌（もず）[2]が棲（す）んでいたのだ

　一九三三年[3]
　孤立せる東洋の最強国　国際連盟を脱退
　四十二対一　その算術ができなかった
　狂いはじめたのはわれわれではなかったか？

昭和十四年　春
弟よ　おまえは
ちいさな模型飛行機をつくりあげた
晴れた空を　捲（ま）きゴムのコンドルはよく飛んだ
おまえは　その行方を追って
見知らぬ町から町へ　大脳のなかの百舌とともにさまよった
おまえは夜になって帰ってきたが
そのとき

おまえはおまえの帰るべき場所が
世界の何処にもないことを知ったのだ

一九三九年[4]
無差別爆撃がはじまった
宣言や条約とともに　家も　人間も焼きつくされる
われわれの帰るべき場所がどこにあったか？

昭和二十年[5]
五月二十四日の夜が明けると
弟よ　おまえは黒焦げの燃えがらだった
薪を積んで　残った骨をのせて　石油をかけて
弟よ　わたしはおまえを焼いた
おまえの盲いた大脳には
味方も　敵も　アメリカも　アジアもなかったろう

立ちのぼるひとすじの煙(けむ)りのなかの
おまえの　もの問いたげなふたつの眼(め)に
わたしは何を答えればいいのか？
おお
おまえは　おまえの好きな場所へ帰るのだ
算術のいらない国へ帰るのだ

一九五五年
戦争が終(おわ)って　十年経(た)った
弟よ
おまえのほうからはよく見えるだろう
わたしには　いま
何処(どこ)で　何が起っているのか　よくわからない

――出典『荒地詩集１９５６』

1 **一九二八年**…… 日本軍（関東軍）が満州軍閥の張作霖（ちょうさくりん）を列車ごと爆破して殺害した。2 **百舌** スズメ目の鳥。全長二〇センチメートル程度で、昆虫や小動物を捕食する。捕らえた虫などを木の枝に突き刺しておく習性があり、秋から冬にかけては、高い梢で激しく鳴く。3 **一九三三年**…… 国際連盟の臨時総会で、日本に対して満州国の承認を撤回することなどを求める勧告案が採決され、可決された。「四十二対一」の「一」が日本。4 **一九三九年**…… 日本軍が中国・重慶に対する無差別爆撃を開始した。また、独ソ不可侵条約が締結されたのを機にドイツがポーランドに侵攻し、第二次世界大戦が始まった。5 **昭和二十年**…… 一九四五（昭和二〇）年、アメリカ軍は東京に対して焼夷弾（しょういだん）を用いた爆撃を繰り返した。五月二十四日未明にも大規模な爆撃があった。

木原孝一——一九二二（大正一一）—七九（昭和五四）年。詩人。東京都に生まれた。本名、太田忠（おおただし）。一九三九年以降、陸軍技師として中国・硫黄島（いおうとう）戦線に従軍した。十四歳の時から詩誌「VOU（ヴァウ）」に加わり、戦後は詩誌「荒地（あれち）」同人として多くの作品を発表した。詩集『星の肖像』『木原孝一詩集』『ある時ある場所』などがある。詩誌「詩学」「現代詩手帖」の編集にも携わった。また、現代詩に対する理解の広さは定評があり、評論集や啓蒙（けいもう）的著作も多い。本文は『木原孝一詩集』によった。

発表——一九五六（昭和三一）年
高校国語教科書初出——二〇〇四（平成一六）年
教育出版『現代文』

センチメンタル・ジャーニー

北村太郎(きたむらたろう)

すばらしい夕焼けだ！　気持(きもち)よく揺られながら、汽車の窓から
ぼんやりと、秋の空、
見ているうちに赤、紫、
オレンジ、また濃い紅(くれない)と、動かないで
動いてる湖みたいに、よく
変化するものだ！　収穫を終えた
畠(はたけ)の向(むこ)うは森だ。その
遠くには低い山脈が沈黙して、横に
ながく伸びている。ぼくの鼻が
ふと冷たいガラス窓に触れたと思ったら、
おお寒い！　さっきから

腰掛けの下でごろごろと、揺れているのは、飲み捨てた
牛乳壜か。そろそろ夕焼けも消えそうだ。
いつのまにか、山脈は真黒な
シルエット、残りの光りが鳶色に
山の向うに死んでゆく。さびしい一人旅の果てに行き着くところは
どこでもいいさ。街があって、灯があって
それに大きな屋根のある土地だ。もう
そとは真っ暗になっちゃった。ぼくの顔、
映ってるガラスのなかで、緑の
セーターを着た娘、青い蜜柑を一つずつ、ゆっくり唇に入れている。
その隣り、紳士風の中年男が、
指にはさんだシガレットの、小さな灯を
無表情に見つめてる。ガラスのなかの人たちは、
みんな亡霊のようにおとなしい。ぼくの眼の
調節ひとつで、おかしいな、ぼくは亡霊を見たり、闇を見る。

ほの暗い電灯を見たり、深い海の底を見る。
さびしい一人旅の果てに行き着くところは、どこでもいいさ。ベッド
があって
窓があって、それに小さい墓地のある町だ。おや、鉄橋だ。
水嵩の少ない河が、黒く曲りくねって、しくしく泣いている。
十一月の線路は凍り、車輪は熱い息を吐きながら、限りない
キスを続けてる。でも、すぐにしずかな夜の底、だんだん
遠くなって、白く取りのこされる
線路だ。ああ
汽笛が鳴った！　ガラスのなかで
紳士がくしゃみした。緑の
セーターの娘は、反対側の窓をあけ、
頭をのばして、何も見えない闇を、ペルシャ猫のようにのぞきこんで
いる。
駅はまだだよ。夜は

これから深くなるんだよ！　さびしい
秋の一人旅、行き着くところは、どこでもいいさ。仕事があって、
夢があって、それに大きくも小さくもない幻滅のあるところだ。

——出典『北村太郎詩集』

1　鳶色　トビの羽の色のような茶褐色。

北村太郎——一九二二（大正一一）—九二（平成四）年。詩人。東京都に生まれた。本名、松村文雄（ふみお）。詩誌「荒地（あれち）」創刊に参加。詩作活動の他、ミステリー小説の翻訳でも知られる。詩集に『北村太郎詩集』『冬の当直』『おわりの雪』などがある。本文は「北村太郎の仕事」1によった。

発表——一九五三（昭和二八）年
高校国語教科書初出——一九九五（平成七）年
筑摩書房『国語Ⅱ』

帰途

田村隆一（たむらりゅういち）

言葉なんかおぼえるんじゃなかった
言葉のない世界
意味が意味にならない世界に生きてたら
どんなによかったか

あなたが美しい言葉に復讐（ふくしゅう）されても
そいつはぼくとは無関係だ
きみが静かな意味に血を流したところで
そいつも無関係だ

あなたのやさしい眼（め）のなかにある涙

きみの沈黙の舌からおちてくる痛苦
ぼくたちの世界にもし言葉がなかつたら
ぼくはただそれを眺めて立ち去るだろう

あなたの涙に　果実の核ほどの意味があるか
きみの一滴の血に　この世界の夕暮れの
ふるえるような夕焼けのひびきがあるか

言葉なんかおぼえるんじやなかつた
日本語とほんのすこしの外国語をおぼえたおかげで
ぼくはあなたの涙のなかに立ちどまる
ぼくはきみの血のなかにたつたひとりで帰つてくる

——出典『言葉のない世界』

発表——一九六二（昭和三七）年
高校国語教科書初出——一九八三（昭和五八）年
光村図書『現代文』

木

田村隆一

木は黙っているから好きだ
木は歩いたり走ったりしないから好きだ
木は愛とか正義とかわめかないから好きだ

ほんとうにそうか
ほんとうにそうなのか

見る人が見たら
木は囁(ささや)いているのだ　ゆったりと静かな声で
木は歩いているのだ　空にむかって
木は稲妻のごとく走っているのだ　地の下へ

木はたしかにわめかないが
木は
愛そのものだ　それでなかったら小鳥が飛んできて
枝にとまるはずがない
正義そのものだ　それでなかったら地下水を根から吸いあげて
空にかえすはずがない

若木
老樹

ひとつとして同じ木がない
ひとつとして同じ星の光り(ひか)のなかで
目ざめている木はない

木

ぼくはきみのことが大好きだ

――出典『水半球』

田村隆一――一九二三（大正一二）―九八（平成一〇）年。詩人。東京都に生まれた。詩誌「荒地（あれち）」創刊に加わり、詩的前衛の先端に立った。詩集に『四千の日と夜』『言葉のない世界』などがあるほか、海外推理小説などの翻訳も手がけた。本文は『田村隆一全詩集』によった。

発表――一九八〇（昭和五五）年
高校国語教科書初出――一九九四（平成六）年
角川書店『高等学校国語1』
第一学習社『高等学校国語二』
日本書籍『新版高校国語二』
明治書院『精選国語1現代文編』

シジミ

石垣（いしがき）りん

夜中に目をさました。
ゆうべ買ったシジミたちが
台所のすみで
口をあけて生きていた。

「夜が明けたら
ドレモコレモ
ミンナクッテヤル」

鬼ババの笑いを
私は笑った。

それから先は
うっすら口をあけて
寝るよりほかに私の夜はなかった。

――出典『表札など』

石垣りん――一九二〇（大正九）―二〇〇四（平成一六）年。詩人。東京都に生まれた。長年銀行に勤務しながら、働く女性の立場から日常生活を見すえ、社会性に富む詩を書き続けた。詩集に『私の前にある鍋（なべ）とお釜（かま）と燃える火と』（一九五九）『表札など』（一九六八）『略歴』（一九七九）などが、散文集に『ユーモアの鎖国』『夜の太鼓』などがある。本文は「現代日本文学大系」93によった。

発表――一九六八（昭和四三）年
高校国語教科書初出――一九七六（昭和五一）年
尚学図書『高等学校現代国語 一』

生れた子に

山本太郎

もうだめなんだ
お前は立ってしまったんだ
脳味噌の重みを
ずーんと受けて
立ってしまったんだ
もうだめなんだ
ごらん
お前は影をもってしまった
お前の手は
小さな疑いの石を
いつのまにか

固くにぎってしまった
そら歩いてごらん
あとはそいつを
太陽の方角へ
投げるだけだ
石は三〇年もすれば
おちてきて
お前の額を撃つだろう
そのときお前は
もういちど立つだろう
父がそうしたように
心の力で

——出典『糺問者（きゅうもんしゃ）の惑いの唄』

山本太郎――一九二五（大正一四）―八八（昭和六三）年。詩人。東京都に生まれた。第二次世界大戦末期、特攻隊員として死に直面した体験を持つ。戦後、詩誌「歴程」の同人として活躍した。自閉的な精神を破ってあふれ出る生命力に満ちた、雄大なスケールで構成される力強い詩風を特徴とする。詩集に『歩行者の祈りの唄』『ゴリラ』『単独者の愛の唄』『糺問者の惑いの唄』などがある。本文は「山本太郎詩全集」第二巻によった。

発表――初出不明。『糺問者の惑いの唄』は一九六七（昭和四二）年刊。
高校国語教科書初出――一九八三（昭和五八）年
筑摩書房『高等学校用国語2』

I was born

吉野(よしの)　弘(ひろし)

確か　英語を習い始めて間もない頃だ。

或(あ)る夏の宵。父と一緒に寺の境内を歩いてゆくと　青い夕靄(ゆうもや)の奥から浮き出るように　白い女がこちらへやってくる。物憂げに　ゆっくりと。

女は身重らしかった。父に気兼ねをしながらも僕は女の腹から眼(め)を離さなかった。頭を下にした胎児の　柔軟なうごめきを　腹のあたりに連想し　それがやがて　世に生まれ出ることの不思議に打たれていた。

女はゆき過ぎた。

少年の思いは飛躍しやすい。その時　僕は〈生まれる〉ということが　まさしく〈受身〉である訳を　ふと諒解した。僕は興奮して父に話しかけた。

——やっぱり I was born なんだね——

父は怪訝そうに僕の顔をのぞきこんだ。僕は繰り返した。

——I was born さ。受身形だよ。正しく言うと人間は生まれさせられるんだ。自分の意志ではないんだね——

その時　どんな驚きで　父は息子の言葉を聞いたか。僕の表情が単に無邪気として父の眼にうつり得たか。それを察するには　僕はまだ余りに幼なかった。僕にとってこの事は文法上の単純な発見に過ぎなかったのだから。

父は無言で暫く歩いた後　思いがけない話をした。

——蜉蝣[1]という虫はね。生まれてから二、三日で死ぬんだそうだが　それなら一体　何の為に世の中へ出てくるのかと　そんな事がひどく気になった頃があってね——

僕は父を見た。父は続けた。

——友人にその話をしたら　或日、これが蜉蝣の雌だといって拡大鏡で見せてくれた。説明によると　口は全く退化して食物を摂るに適しない。胃の腑を開いても　入っているのは空気ばかり。見ると　その通りなんだ。ところが　卵だけは腹の中にぎっしり充満していて　ほっそりした胸の方にまで及んでいる。それはまるで　目まぐるしく繰り返される生き死にの悲しみが　咽喉もとまでこみあげているように見えるのだ。淋しい　光りの粒々だったね。私が友人の方を振り向いて〈卵〉というと　彼も肯いて答えた。〈せつなげだね。〉そんなことがあってから間もなくのことだったんだよ、お母さんがお前を生み落としてすぐに死なれたのは——。

父の話のそれからあとは　もう覚えていない。ただひとつ痛みのように切なく　僕の脳裡に灼きついたものがあった。

——ほっそりした母の　胸の方まで　息苦しくふさいでいた白い僕の肉体——。

出典『消息』

1 蜉蝣　カゲロウ目の昆虫の総称。幼虫時（一〜三年）は水中にすむ。成虫の寿命は一時間から数日。体長一〇〜一五ミリメートルで、とんぼに似ている。

発表――一九五二（昭和二七）年
高校国語教科書初出――一九七四（昭和四九）年
学校図書『高等学校現代国語二』

祝婚歌

吉野　弘

二人が睦まじくいるためには
愚かでいるほうがいい
立派すぎないほうがいい
立派すぎることは
長持ちしないことだと気付いているほうがいい
完璧をめざさないほうがいい
完璧なんて不自然なことだと
うそぶいているほうがいい
二人のうちどちらかが
ふざけているほうがいい
ずっこけているほうがいい

互いに非難することがあっても
非難できる資格が自分にあったかどうか
あとで
疑わしくなるほうがいい
正しいことを言うときは
少しひかえめにするほうがいい
正しいことを言うときは
相手を傷つけやすいものだと
気付いているほうがいい
立派でありたいとか
正しくありたいとかいう
無理な緊張には
色目を使わず
ゆったり　ゆたかに
光を浴びているほうがいい

健康で　風に吹かれながら
生きていることのなつかしさに
ふと　胸が熱くなる
そんな日があってもいい
そして
なぜ胸が熱くなるのか
黙っていても
二人にはわかるのであってほしい

——出典『風が吹くと』

吉野　弘——一九二六（大正一五）—二〇一四（平成二六）年。詩人。山形県に生まれた。一九五三年、「櫂（かい）」に参加。奥深い叙情性と、人間を見守る温かいまなざしが、やさしさを根底に秘めた独自の作風を形づくっている。詩集に『消息』『陽（ひ）を浴びて』など、エッセイに『詩のすすめ』などがある。本文は『吉野弘全詩集』（増補新版）によった。

発表——一九七七（昭和五二）年
高校国語教科書初出——二〇〇四（平成一六）年
大修館書店『新編現代文』

六月

茨木（いばらぎ）のり子（こ）

どこかに美しい村はないか
一日の仕事の終（おわ）りには一杯の黒麦酒（ビール）
鍬（くわ）を立てかけ　籠を置き
男も女も大きなジョッキをかたむける

どこかに美しい街はないか
食べられる実をつけた街路樹が
どこまでも続き　すみれいろした夕暮（ゆうぐれ）は
若者のやさしいさざめきで満ち満ちる

どこかに美しい人と人との力はないか

同じ時代をともに生きる
したしさとおかしさとそうして怒りが
鋭い力となって　たちあらわれる

——出典『見えない配達夫』

発表——一九五六（昭和三一）年
高校国語教科書初出——一九八二（昭和五七）年
大修館書店『高等学校国語１』

わたしが一番きれいだったとき

茨木のり子

わたしが一番きれいだったとき
街々はがらがら崩れていって
とんでもないところから
青空なんかが見えたりした

わたしが一番きれいだったとき
まわりの人達（ひとたち）が沢山死んだ
工場で　海で　名もない島で
わたしはおしゃれのきっかけを落（おと）してしまった

わたしが一番きれいだったとき

だれもやさしい贈物(おくりもの)を捧げてはくれなかった
男たちは挙手の礼しか知らなくて
きれいな眼差(まなざし)だけを残し皆発(た)っていった

わたしが一番きれいだったとき
わたしの頭はからっぽで
わたしの心はかたくなで
手足ばかりが栗色(くりいろ)に光った

わたしが一番きれいだったとき
わたしの国は戦争で負けた
そんな馬鹿(ばか)なことってあるものか
ブラウスの腕をまくり卑屈な町をのし歩いた

わたしが一番きれいだったとき

ラジオからはジャズが溢れた
禁煙を破ったときのようにくらくらしながら
わたしは異国の甘い音楽をむさぼった

わたしが一番きれいだったとき
わたしはとてもふしあわせ
わたしはとてもとんちんかん
わたしはめっぽうさびしかった

だから決めた　できれば長生きすることに
年とってから凄く美しい絵を描いた
フランスのルオー爺さんのように
　　　　　　　　ね

——出典『見えない配達夫』

1 ルオー Georges Rouault 一八七一―一九五八。フランスの画家。現代における宗教画の代表者。版画家としても知られた。作品に「ヴェロニカ」などがある。

発表――一九五七（昭和三二）年
高校国語教科書初出――一九七六（昭和五一）年
教育出版『新訂現代国語1』

自分の感受性くらい

茨木のり子

ぱさぱさに乾いてゆく心を
ひとのせいにはするな
みずから水やりを怠っておいて

気難（きむず）かしくなってきたのを
友人のせいにはするな
しなやかさを失ったのはどちらなのか

苛立（いらだ）つのを
近親のせいにはするな
なにもかも下手だったのはわたくし

初心消えかかるのを
暮(くら)しのせいにはするな
そもそもが　ひよわな志にすぎなかった

駄目なことの一切を
時代のせいにはするな
わずかに光る尊厳の放棄

自分の感受性くらい
自分で守れ
ばかものよ

――出典『自分の感受性くらい』

茨木のり子――一九二六（大正一五）―二〇〇六（平成一八）年。詩人。大阪府に生まれた。一九五三年に川崎洋（かわさきひろし）と詩誌「櫂（かい）」を創刊、同誌に拠（よ）って活発な創作活動を行ってきた。詩集に『見えない配達夫』『鎮魂歌』『倚（よ）りかからず』などがあるほか、エッセイに『ハングルへの旅』などがある。本文は「茨木のり子集　言の葉」1・2によった。

発表――一九七五（昭和五〇）年
高校国語教科書初出――一九八三（昭和五八）年
尚学図書『高等学校国語二』

わたしを束ねないで

新川和江

わたしを束ねないで
あらせいとうの花のように
白い葱のように
束ねないでください　わたしは稲穂
秋　大地が胸を焦がす
見渡すかぎりの金色の稲穂

わたしを止めないで
標本箱の昆虫のように
高原からきた絵葉書のように
止めないでください　わたしは羽撃き

こやみなく空のひろさをかいさぐっている
目には見えないつばさの音

わたしを注（つ）がないで
日常性に薄められた牛乳のように
ぬるい酒のように
注がないでください　わたしは海
夜　とほうもなく満ちてくる
苦い潮（うしお）　ふちのない水

わたしを名付けないで
娘という名　妻という名
重々しい母という名でしつらえた座に
坐（すわ）りきりにさせないでください　わたしは風
りんごの木と

泉のありかを知っている風
わたしを区切らないで
,や・いくつかの段落
そしておしまいに「さようなら」があったりする手紙のようには
こまめにけりをつけないでください　わたしは終りのない文章
川と同じに
はてしなく流れていく　拡がっていく　一行の詩

——出典『比喩でなく』

1 **あらせいとう** アブラナ科の多年草。高さ約六〇センチメートル。晩春から初夏にかけて、白・紅紫色の花を総状に多数つける。ストック。 2 **かいさぐる** 手探りでさがす。さわって様子をみる。

あらせいとう

新川和江——一九二九（昭和四）年—。詩人。茨城県に生まれた。女学生時代は詩人・西条八十（やそ）に師事した。一九四八年、少女雑誌などに物語や詩を書き始める。一九八三年、吉原幸子（よしはらさちこ）とともに「現代詩ラ・メール」を創刊した。その詩的態度は一貫していて、虚飾をはぎとった自己の存在をつきつめ、しかも叙情的である。詩集に、『ローマの秋・その他』『水へのオード』などがある。本文は『新川和江全詩集』によった。

発表——一九六六（昭和四一）年
高校国語教科書初出——一九七六（昭和五一）年
第一学習社『高等学校現代国語1』

はくちょう

川崎洋（かわさきひろし）

はねが　ぬれるよ　はくちょう
みつめれば
くだかれそうになりながら
かすかに　はねのおとが

ゆめにぬれるよ　はくちょう
たれのゆめに　みられている？

そして　みちてきては　したたりおち
そのかげ　が　はねにさしこむように
さまざま　はなしかけてくる　ほし

かげは　あおいそらに　うつると
しろい　いろになる?
うまれたときから　ひみつをしっている
はくちょう　は　やがて
ひかり　の　もようのなかに
におう　あさひのそむ　なかに
そらへ

すでに　かたち　が　あたえられ
それは
はじらい　のために　しろい　はくちょう
もうすこしで
しきさい　に　なってしまいそうで

はくちょうよ

――出典『はくちょう』

川崎　洋――一九三〇（昭和五）―二〇〇四（平成一六）年。詩人・作家。東京都に生まれた。一九五三年、茨木のり子とともに詩誌「櫂」を創刊した。著書に『ことばの力』『言葉あそびたがり』『すてきな詩をどうぞ』など、詩集に『ビスケットの空カン』などがある。本文は『川崎洋詩集』によった。

発表――一九五二（昭和二七）年
高校国語教科書初出――一九八二（昭和五七）年
第一学習社『高等学校国語1』

二十億光年の孤独

谷川俊太郎

人類は小さな球の上で
眠り起きそして働き
ときどき火星に仲間を欲しがったりする

火星人は小さな球の上で
何をしてるか　僕は知らない
(或はネリリし　キルルし　ハララしているか)
しかしときどき地球に仲間を欲しがったりする
それはまったくたしかなことだ

万有引力とは

ひき合う孤独の力である

宇宙はひずんでいる
それ故みんなはもとめ合う

宇宙はどんどん膨(ふく)らんでゆく
それ故みんなは不安である

二十億光年の孤独に
僕は思わずくしゃみをした

——出典『二十億光年の孤独』

発表——一九五〇（昭和二五）年
高校国語教科書初出——一九八一（昭和五六）年
第一学習社『高等学校 改訂 現代国語3』

芝生

谷川俊太郎

そして私はいつか
どこかから来て
不意にこの芝生の上に立っていた
なすべきことはすべて
私の細胞が記憶していた
だから私は人間の形をし
幸せについて語りさえしたのだ

——出典『夜中に台所でぼくはきみに話しかけたかった』

谷川俊太郎――一九三一（昭和六）年―。詩人。東京都に生まれた。一九五二年、第一詩集『二十億光年の孤独』を刊行。以後、詩作の他、エッセイ・絵本・翻訳・作詞など幅広い領域で活躍している。詩集に『六十二のソネット』、随筆に『ことばを中心に』などがある。本文は『続続・谷川俊太郎詩集』『続・谷川俊太郎詩集』によった。

発表――一九七三（昭和四八）年
高校国語教科書初出――一九八二（昭和五七）年
三省堂『新国語1』
筑摩書房『高等学校用国語1』

春のために

大岡（おおおか）信（まこと）

砂浜にまどろむ春を掘りおこし
おまえはそれで髪を飾る　おまえは笑う
波紋のように空に散る笑いの泡立ち
海は静かに草色の陽（ひ）を温めている

おまえの手をぼくの手に
おまえのつぶてをぼくの空に　ああ
今日の空の底を流れる花びらの影

ぼくらの腕に萌（も）え出る新芽
ぼくらの視野の中心に

しぶきをあげて廻転（かいてん）する金の太陽
ぼくら　湖であり樹木であり
芝生の上の木洩（こも）れ日であり
木洩れ日のおどるおまえの髪の段丘である
ぼくら

新らしい風の中でドアが開かれ
緑の影とぼくらとを呼ぶ夥（おびただ）しい手
道は柔らかい地の肌の上になまなましく
泉の中でおまえの腕は輝いている
そしてぼくらの睫（まつげ）毛の下には陽を浴びて
静かに成熟しはじめる
海と果実

――出典『記憶と現在』

大岡 信――一九三一（昭和六）―二〇一七（平成二九）年。詩人・評論家。静岡県に生まれた。一九五四年、「櫂（かい）」に参加。詩作とともに、詩論・芸術論の面でも盛んな活動をした。詩集に『記憶と現在』『遊星の寝返りの下で』『水府』などがある。また、評論集『超現実と抒情（じょじょう）』『蕩児（とうじ）の家系』、評伝『岡倉天心』、エッセイ『折々のうた』など多彩な著作がある。本文は「現代日本文学大系」93によった。

発表――一九五二（昭和二七）年
高校国語教科書初出――一九七五（昭和五〇）年
教育出版『現代国語三』

未確認飛行物体

入澤康夫

薬缶だつて、
空を飛ばないとはかぎらない。

水のいつぱい入つた薬缶が
夜ごと、こつそり台所をぬけ出し、
町の上を、
畑の上を、また、つぎの町の上を
心もち身をかしげて、
一生けんめいに飛んで行く。

天の河の下、渡りの雁の列の下、

人工衛星の弧の下を、
息せき切って、飛んで、飛んで、
(でももちろん、そんなに早かないんだ)
そのあげく、
砂漠のまん中に一輪咲いた淋(さび)しい花、
大好きなその白い花に、
水をみんなやって戻って来る。

――出典『春の散歩』

入澤康夫――一九三一(昭和六)年―。詩人。島根県に生まれた。詩誌「歴程」同人。実験的、前衛的な作風で知られる。詩集に『季節についての試論』『わが出雲(いずも)・わが鎮魂』『死者たちの群がる風景』、評論に『ネルヴァル覚書』『宮沢賢治 プリオシン海岸からの報告』などがある。本文は『入澤康夫〈詩〉集成 1951～1994』下巻による。

発表――一九七八(昭和五三)年
高校国語教科書初出――一九九六(平成八)年
第一学習社『高等学校新現代文』

無題（ナンセンス）

吉原幸子（よしはらさちこ）

風　吹いてゐる
木　立ってゐる
ああ　こんなよる　立ってゐるのね　木

風　吹いてゐる　木　立ってゐる　音がする

よふけの　ひとりの　浴室の
せっけんの泡　かにみたいに吐きだす　にがいあそび
ぬるいお湯
なめくぢ　匍（は）ってゐる

浴室の　ぬれたタイルを
ああ　こんなよる　匍ってゐるのね　なめくぢ
おまへに塩をかけてやる
するとおまへは　ゐなくなるくせに　そこにゐる

　おそろしさとは
　ゐることかしら
　ゐないことかしら

また　春がきて　　また　風が　吹いてゐるのに
わたしはなめくぢの塩づけ　　わたしはゐない
どこにも　ゐない

わたしはきっと　せっけんの泡に埋もれて　流れてしまったの
ああ　こんなよる

——出典『幼年連禱』

吉原幸子——一九三二（昭和七）—二〇〇二（平成一四）年。詩人。東京都に生まれた。学生時代は演劇に傾倒し、大学卒後の一時期、劇団に所属していたこともある。舞踏公演の台本、演出を手がけたり、朗読なども行った。一九六二年、「歴程」同人となる。一九八三年、新川和江とともに「現代詩ラ・メール」を創刊した。詩集に『夏の墓』『オンディーヌ』『昼顔』などがある。本文は『吉原幸子全詩』Ⅰによった。

発表——一九六三（昭和三八）年
高校国語教科書初出——一九九四（平成六）年
日本書籍『新版高校国語一』
角川書店『高等学校国語1』

解説にかえて

戦後詩人の出発

大岡（おおおか）　信（まこと）

戦後の詩人の仕事が戦前の詩人の仕事から区別される最もはっきりした特徴は何だろうか。それを一言で言いきることは困難だし、危険なことでもある。しかし、ぼくらの前にはおびただしい戦後の詩作品があるし、そこに戦後に共通のある特質を見ることは不可能ではない。確かに戦後の詩は総体的に戦前の詩とは違った肌合いを持っているし、ごく印象的に言っても、理解しにくいものが多いことは事実である。その理由は何だろうか。ぼくはそれを、明治以後の近代詩に内包されていたむりな背伸びの姿勢が、敗戦を境にあらわに見えてくるとともに、これまで隠されていた多くの問題が戦後の詩人たちの上に群がり寄せたためではなかろうかと思う。一方には、その歴史がわずか百年にも満たない口語文で詩を書かねばならず、詩語の伝統も確立されていないという条件があり、他方では明治以後の日本に要請された急速な資本主義体制の確立という課題が必然的にもたらした富国強兵策、全体主義によって、詩人の自我意識は多くのタブー[1]に取り囲まれていたという事情があった。多くの詩人たちは、こうした悪条件の上に立って、おそらくはこうした悪条件を越えようとする努力の結果として、西欧の詩の運動にことさら敏感にならざるをえなかったし、事実、日本近代詩の運動らしい運動は、すべて、西欧の詩の後を追うことに熱中してきたと言っても言いすぎではない。日本の明治以後の文明開化が、社会の必然的な、充実した内発的発展によって成されたものではなく、外国からの圧倒的な影響下に、外面だけ体裁を整えたものにすぎず、そこにははなはだしい無理とごまかしがあるということは、二葉亭四迷[2]（ふたばていしめい）、夏目漱石[3]（なつめそうせき）その他の文学者にすでにはっきり自覚されていたのだが、その無理は今日に至るまで、ほとんどそのまま持ち越されている。しかも、そうした日本近代社会の矛盾を鋭く意識すればするほど、その解決策を〝先進〟の西欧に求めねばならないというジレンマ[4]があった。日本の近代詩の歴史にしても、このジレンマから

1 タブー［英語］taboo 触れることを忌み禁じられたもの。 2 二葉亭四迷 一八六四―一九〇九年。小説家。『浮雲』『平凡』などがある。 3 夏目漱石 一八六七―一九一六年。小説家。『吾輩は猫である』『こころ』などがある。 4 ジレンマ［英語］dilemma 板ばさみの状態。

逃れえてはいない。むしろ、鋭敏な感性の持ち主であるべき詩人たちにとっては、このジレンマはとりわけ痛切だったはずだ。今日ぼくらの前にある近代詩の遺産が、個々の詩人のすぐれた感受性と言語表現能力をありありと示しながらも、全体として一つの大きな文化的遺産とはなりえていない事実が、何よりもそのことを物語っている。率直に言って、詩人たちは浅い砂の上に、営々として堅牢（けんろう）な建物を築きあげようとしてきたようにさえ見える。

敗戦後、あたかも焼け跡のように茫々（ぼうぼう）と見渡せる過去の文学的遺産をながめ渡した若い詩人たちは、大正末期に始まるいわゆる現代詩の歴史、とりわけ西欧二十世紀文芸の新思潮・新様式の刺激を受けて多くの試みを重ねてきた歴史を、自らの戦争体験に照らして見つめなおした。つきものが落ちたようになってしまったかれらの目は、近代詩・現代詩の歴史が、そのめまぐるしい意匠の変化や表現技法の洗練にもかかわらず、物を考え、感じ、喜び、苦しみつつ生きる個々の人間の複雑な体験を、その深部からすくいあげ、ことばによって組織化するという点に関しては、多くの盲点を持っていたことを見たのである。あいつぐ運動の歴史は、安直に進歩の歴史と考えられていたのだが、詩の問題は実はそんなところにはなかったのだ。何よりも、こうして焼け土の上に投げ出され、生きているというよりは、死から運よく見逃されたにすぎない自分たちの存在そのものを確かめること、この最も単純で直接的な問題からことばの問題に入っていかねばならないということ、言い換えればことばを常に体験の重みで裏づけ、また規制していかねばならないということ、ここに戦後の詩の出発点があった。したがって当然、詩における意味の回復ということが戦後詩人たちの口から発せられた最初のことばになったのである。

ここで言う意味とは、詩に表現されている内容をさすだけではない。その内容そのものが、絶えず意味を問われているのである。したがって人は、詩の意味内容をつかんだだけでは詩人の表現しようとしたことをすべてつかんだことにはならぬ。つかんだと思った内容そのものが、詩人によって「なぜ?」と問われているものだからである。読者はいわば常に足をすくわれ、不安な位置に引きずり出されざるをえない。戦後の詩が、意味の回復を言いつつ登場しながら、しかも難解であるとすれば、詩人がこのような不安に常にさらされており、読者にもその不安への参加を要求するからにほかならないのではなかろうか。これは別の観点から言えば、詩人たちが詩を単なる叙情とも、感覚の乱費でしかないことばの戯れともみなすことができなくなり、いやおうなしに、現代文明という巨大な総体の中の小さな歯車でしかない自分を意識しなければならなくなったことの反映であると言えるだろう。そこでぼくらはまず、こうした意識を最も強く持ち、そこから出発した「荒地（あれち）」の詩人たちの詩から読みはじめなくてはならないだろう。

「荒地」グループは一九四七年末ごろからグループとしてまとまり、五一年に最初の『荒地詩集』を刊行した。初期の同人は、田村隆一（たむらりゅういち）[5]、鮎川信夫（あゆかわのぶお）[6]、三好豊一郎（みよしとよいちろう）[7]、黒田三郎（くろださぶろう）[8]、北村太郎（きたむらたろう）[9]、中桐雅夫（なかぎりまさお）[10]、木原孝一（きはらこういち）[11]らが中心となり、そのご吉本隆明（よしもとたかあき）[12]、高野喜久雄（たかのきくお）[13]らが参加している。初期同人の多くは、戦前のモダニズム[14]が弾圧によって崩壊する直前に、これを通じて現代詩の世界に触れた。戦後になってはじめて詩作を開始した人はいない。したがって、敗戦後かれらの詩が現れて多くの若い精神に衝撃と共感を呼び起こした時、かれらが表現しようとしたものは、単なる戦後の荒涼たる精神的風土だけだったのではない。戦争中の抑圧によって、自我の内部でのみくりかえし孤独に検討されてきた青春の危機と不安が、戦後の精神的風土にそのまま持ち込まれているのである。「荒地」の詩人たちにとって、戦争の時代はけっして空白の時代ではなかった。戦争の時代も戦後の時代も同じ「黒い鉛の道」だったのだ。鮎川信夫が秀作「死んだ男」で戦死した親友M（詩人[15]森川義信（もりかわよしのぶ）のこと）に向かって呼びかけた時、自らを遺言執行人になぞらえたことの大きな意味がここにある。

死んだ男　　　鮎川信夫

たとえば霧や
あらゆる階段の跫音（あしおと）のなかから、
遺言執行人が、ぼんやりと姿を現す。
——これがすべての始まりである。

5 田村隆一　一三八ページ参照。6 鮎川信夫　一二二ページ参照。7 三好豊一郎　一九二〇—九二年。詩集『囚人』などがある。8 黒田三郎　一一九ページ参照。9 北村太郎　一三二ページ参照。10 中桐雅夫　一九一九—八三年。『中桐雅夫詩集』などがある。11 木原孝一　一二八ページ参照。12 吉本隆明　一九二四—二〇一二年。『吉本隆明詩集』などがある。13 高野喜久雄　一九二七—二〇〇六年。詩集『独楽』などがある。14 モダニズム［英語］modernism 近代主義。戦前の前衛的なシュールレアリスムなどの現代詩運動をさす。15 森川義信　一九一八—四二年。『森川義信詩集』などがある。

遠い昨日……
ぼくらは暗い酒場の椅子のうえで、
ゆがんだ顔をもてあましたり
手紙の封筒を裏返すようなことがあった。
「実際は、影も、形もない？」
――死にそこなってみれば、たしかにそのとおりであった。

Mよ、昨日のひややかな青空が
剃刀の刃にいつまでも残っているね。
だがぼくは、何時何処で
きみを見失ったのか忘れてしまったよ。
短かかった黄金時代――
活字の置き換えや神様ごっこ――
「それがぼくたちの古い処方箋だった」と呟いて……

いつも季節は秋だった、昨日も今日も、
「淋(さび)しさの中に落葉(おちば)がふる」
その声は人影へ、そして街へ、
黒い鉛の道を歩みつづけてきたのだった。

埋葬の日は、言葉もなく
立会う者もなかった
憤激も、悲哀も、不平の柔弱な椅子もなかった。
空にむかって眼(め)をあげ
きみはただ重たい靴のなかに足をつっこんで静かに横たわったのだ。
「さよなら、太陽も海も信ずるに足りない」
Mよ、地下に眠るMよ、
きみの胸の傷口は今でもまだ痛むか。

黒田三郎は「荒地」の詩人たちの中でもとりわけ柔軟で鋭敏な感受性の持ち主であろう。かれの中では、まれにみる率直さと、しばしば道化を装いつつ現代生活の愚劣さをえぐる演技力とがみごとにかみ合っている。逆説的表現の中に見られる複雑でおかしみに富んだニュアンスと、そこを貫いている清潔な知性が、黒田の詩にショッキングな現実感と、同時に立体的な安定感をもたらしているものだと言える。

死のなかに

黒田三郎

死のなかにいると　僕等（ぼくら）は数でしかなかった　臭（にお）いであり　場所ふさぎであった　死はどこにでもいた　死があちこちにいるなかで　僕等は水を飲み　カアドをめくり　襟の汚れたシャツを着て　笑い声を立てたりしていた　死は異様なお客ではなく　仲のよい友人のように　無遠慮に食堂や寝室にやって来た　床には　ときに　喰（た）べ散らした魚の骨の散っていることがあった　月の夜に　馬酔木（あしび）[16]の花の匂いのすることもあった

戦争が終(おわ)ったとき　パパイア[17]の木の上には　白い小さな雲が浮いていた　戦い
に負けた人間であるという点で　僕等はお互いを軽蔑しきっていた　それでも
戦いに負けた人間であるという点で　僕等はちょっぴりお互いを哀れんでい
た　酔漢やペテン師　百姓や錠前屋(じょうまえや)　偽善者や銀行員　大喰(おおぐら)いや楽天家　いた
わりあったり　いがみあったりして　僕等は故国へ送り返される運命をともに
した　引揚船(ひきあげせん)がついたところで　僕等は　めいめいに切り放された運命を帽
子のようにかるがると振って別れた　あいつはペテン師　あいつは百姓　あい
つは銀行員

一年はどのようにたったであろうか　そして　二年　ひとりは　昔の仲間を欺
いて金を儲(もう)けたあげく　酔っぱらって　運河に落ちて　死んだ　ひとりは　乏
しいサラリイで妻子を養いながら　五年前の他愛もない傷がもとで　死にかか

16 馬酔木　ツツジ科の常緑灌木(かんぼく)。
17 パパイア［英語］papaya パパイア科の熱帯樹。果実は食用などにする。

っている　ひとりは
そのひとりである僕は　東京の町に生きていて　電車の吊皮にぶら下ってい
るすべての吊皮に　僕の知らない男や女がぶら下っている　僕のお袋である
元大佐夫人は　故郷で　栄養失調で死にかかっていて　死をなだめすかすため
には　僕の二九二〇円では　どうにも足りぬのである
死　死　死
死は金のかかる出来事である　僕の知らない男や女が吊皮にぶら下っているな
かで　僕も吊皮にぶら下り　魚の骨の散っている床や　馬酔木の花の匂いのす
る夜を思い出すのである　そして　さらに不機嫌になって吊皮にぶら下ってい
るのを　だれも知りはしないのである

木原孝一は詩から可能なかぎり情緒性を削り去り、極度に乾燥した詩を書く。そこに描かれるのは、かれが参加した硫黄島[18]の激戦の、記憶に焼きついてしまったイメージであり、また「彼方」としてのみ捕らえられる「鳥のはばたきも届きえぬところ」「海の魚も潜みえぬところ」である。いずれの場合にも、詩人自身は描かれた事物の内側にはいない。存在するものの外側に激しく突き放されているもの、それが木原の精神である。木原は存在の、生命の充実をあえて奪還しようとはしない。むしろ破滅の中、炸裂する砲火のまっただ中で引き裂かれ、飛び散るもの、そこに生命の確証を握ろうとしているかのようである。ここでは原子爆弾という現代の一象徴に木原がどのように対しているかを示す詩をあげよう。

黙示　　木原孝一

一九四五年　広島に落された原子爆弾によって多くのひとびととともに
ひとりの女性が死んだ　その女性の皮膚の一部が地上に残されたが
それは殉難者の顔をそのままうつしていた

18 硫黄島　小笠原諸島の南、約三五〇キロメートルの所に南北に並ぶ火山列島。太平洋戦争の激戦地であった。

わたしは人間の顔ではない
いちまいのガアゼのうえに　ピンで留められて
だが　わたしは叫ばずにはいられない

この歯のあいだにひそむもの　それがウラニウム[19]だ
この鼻孔の底にうごめくもの　それがプルトニウム[20]だ
見えない眼(め)のおくに光るもの　それがヘリウム[21]だ
世界はいま　毒の雨に濡(ぬ)れた　ちいさな暗礁にすぎない

わたしは燃えのこった人間の部分だ
いちまいのガアゼのうえに眠っていると
地平線のむこうから　わたしの失われた部分が呼びかける

見ろ　暗黒の海と陸をつらぬく　ウラニウムの雲を

聴け　沈黙の窓と屋根に降る　ヘリウムの雨を
そして　ひとの子よ　みずからの手ではほろびるな
生命あるものは　いま　荒野をすすむ蝗(いなご)にすぎない

19 ウラニウム uranium　原子番号92。放射能を有する元素。20 プルトニウム plutonium　原子番号94。放射能を有する元素。21 ヘリウム helium　原子番号2。希ガス類元素。

大岡　信――一七三ページ参照。
この文章は、一九六六年に刊行された詩論集『文明のなかの詩と芸術』に収められており、本文は、それに筆者が手を加えたものである。

発表――一九六六（昭和四一）年
高校国語教科書初出――一九七五（昭和五〇）年
筑摩書房『現代国語3』

私の自叙伝——三冊の詩集——

石垣りん

　ことしの五月に私は三冊目の詩集を出しましたけれど、それを見て知り合いから、「あなたにとって、詩集はちょうど十年目ごとの竹の節目のような役目を果たしていますね。」と言われました。言われてみると、本当に同じような間隔で、三冊の詩集を出してきたと思いました。竹が伸びてゆく、私の場合、自分が伸びたなどという資格はありませんが、生きてきた時間を縦に細長く見た場合、たしかに十年目ごとの節目を作っていたことに、あとで気がつきました。

　私はずっと長いあいだ計画を立てて生きてきたということがない。ですから、詩集もごく自然に結果としてそうなってしまった。なにかやはり切り離せない関係にあるということを感じております。そして、私には自叙をするほどの履歴というものが、なにもございません。一九二〇年に生まれ、一九三四年に当時の高等小学校を出るとすぐ勤めに出ました。これは私の意思で決めたことでした。丸の内[2]の銀行に事務見習い員として採用されたのですが、それもたまたま職業紹介所の人が私を銀行の試験に振り向けてくれて、とられたというだけのことで、どこでもよかったわけです。そのころもたいへん就職難でございましたから、働く場所さえあれば、みんな選り好みなどしなかったのです。私は学校の勉強よりは、自分が好きなことがしたくてまず働き、なにがしかのお金を得て、そのお金で自分のしたいことをしようと考えたのです。浅はかだったんですね。初任給十八円もらって、たいへん感動したのを思い出します。就職したとき、親に買ってもらった印鑑を、以来四十一年、同じ会社で使い続けて、一本九十銭の白い象牙の印鑑が、いまはメノウ色に変わっております。いまではそれを見ると、自分の骨の一部のような感じさえいたします。

私は働いて、そのお金で自分の自由、わがままを通すつもりでおりましたけれども、このお金、そうやすやすと私に自由を与えてはくれませんでした。学校という言葉を

1 高等小学校　旧制度の尋常小学校を修了した者に、更に高度な初等普通教育を施すために設けられた。 2 丸の内　東京都千代田区の地名。

借りるならば、社会は私にとってたくさんのことを教え込んでくれた学校なんですけれども、学歴社会の、それがいちばんまたものをいう大会社に身をおいて、私は骨身にしみて自分の力のなさ、劣等感のようなものを味わい続けてきたように思います。でも、そういうことがもしなかったならば、あるいは思い上がってしまったかもしれない。私のいい気な部分を絶え間なく鍛え続けてくれたのが会社だった、というふうに考えたほうがいいのではないかと思います。そして、たまたま身をおいた銀行という職場、その一応の安定、生活の基礎部分からだんだん離れられなくなって、一生に近い、終身雇用という言葉を借りれば、終身同じ銀行に居続けて、昭和五十年、定年退職いたしました。満五十五歳の自分の誕生日がくるというその前の日に、辞令を渡されたわけです。誕生日というものがこんなに印象深かった一日はありませんでした。

それでは、そのあいだ何をしてきたかと考えるとき、愚かにも私はただその日暮らしを積み重ねて年をとったにすぎないことを知りました。毎日にぴったり向き合うことで心をいっぱいにして、口を養って、食べて、そうしてきただけでした。結婚もせず、ですから姓も変わりませんでした。けれど、私を取り囲む時代は激しく変動して私に影響し、私の周囲を変えていったと思います。本当に恐ろしい世の中でありました。気が小さくて、人のうしろからオロオロとついてきた愚かものの小さな足跡、すぐ消えてゆく渚（なぎさ）の足跡のような三冊の詩集だと思います。

略歴

私は連隊のある町で生まれた。

兵営の門は固く
いつも剣付（けんつき）鉄砲[3]を持った歩哨（ほしょう）が立ち
番所[4]には衛兵[5]がずらりと並んで
はいってゆく者をあらためていた。
棟をつらねた兵舎
広い営庭。

3 剣付鉄砲　小銃の先に剣を付けたもの。4 番所　見張り所。5 衛兵　警備・監視などに当たる兵。

私は金庫のある職場で働いた。
受付の女性は愛想よく客を迎え
案内することを仕事にしているが
戦後三十年
このごろは警備会社の制服を着た男たちが
兵士のように入口をかためている。
兵隊は戦争に行った。
私は銀行を定年退職した。
東京丸の内を歩いていると
ガードマンのいる門にぶつかる。

それが気がかりである。

私は宮城のある町で年をとった。

ここ十年間に書いた詩のなかから四十七編を一冊にとりまとめてみて、さて、題名をどうしようかと見渡したとき、無理なく『略歴』が浮かび上がってきました。長く働いて定年退職したあとのしめくくりとして、『略歴』という題はこれまた自然だったように思われます。

この一編の詩を書いてしまったあとで、私はあらためて自分の略歴を、明確な形で意識することができたと思いました。詩は自分のなかにあって、自分でもはっきりつかみ得ていないものを形にして見せる、そういう役目をよく果たすものだと思います。連隊のある町で生まれ、金庫のある職場、銀行というところで働き、東京、それも丸の内という宮城のある町で年をとった。この三つの特質、これは日本という国を成り立たせている大きな要素であることに、あらためて気がつきました。私は世間からみればものの数でもない小さな存在にすぎませんが、日本人として、日本の国の成り立ちにいちばん深いかかわりのある町で生まれ、そして育ち、働き、老年を迎えるところまできたことに、はじめて目の覚めるような思いをいたしました。私どもがどんな小さな存在であっても、それに向かって働きかけてくる大きな力、それが権力というものであるのを、やっと体で会得できたように思います。

次に、第二詩集のなかに入っております「崖」を読んでみます。

崖

戦争の終り、
[6]サイパン島の崖の上から
次々に身を投げた女たち。

美徳やら義理やら体裁やら
何やら。
火だの男だのに追いつめられて。

とばなければならないからとびこんだ。
ゆき場のないゆき場所。
(崖はいつも女をまっさかさまにする)

それがねえ
まだ一人も海にとどかないのだ。
十五年もたつというのに
どうしたんだろう。
あの、
女。

先ほど、私は兵営のある町で生まれたと申し上げましたが、子供のころ靖国神社例[7]

6 サイパン Saipan マリアナ諸島中の最大の島。太平洋戦争での激戦地。 7 靖国神社例大祭 東京都千代田区九段にある神社。戦死者の霊をまつる。例大祭は春・秋の二回行われる。

大祭の日には、朝、参拝に行く兵隊の長い長い行列を見送ったものです。汗と革と若い男たちのムーンとする匂いを今でも思い出します。ザック、ザック、ザックという足音が兵営の門から出て靖国神社のほうへ向かう、本当に、見ても見ても続く長い行列でございました。いまになって、あの行列はどこまで行ったろうということを考えます。あのまま、あの兵隊さんたちは戦場を越えて、やがて本当に靖国神社へ送られていったのではないか、そういうことを思うわけです。その同じ戦争の末期、サイパン島の崖の上から飛び降りて自決していった女性の、いま落ちて行くという途中の瞬間を、アメリカ側から写しとった一枚の写真。それをはじめて目にしたときは、いつだったかよく覚えていないんですけれども、終戦後何年もたってからのことです。見たときから目のなかに焼きついてしまいました。高い所から飛び降り、落ちて行く中途にある、立ったままのそれは姿でした。

その先、女の人は死んだにちがいありません。けれど、写真のなかの女の人はまだ死んでいないのです。ですが、生きているとも言えない、もう崖を飛び降りてしまっているのですから。では、なぜ女の人は崖から飛び降りなければならなかったろう。追いつめられたから、何に？　私はそのことを自分に問いました。戦前、婦人は参政権もなかった。そういう状態で戦争に巻き込まれ、ついには自決というところまで追いつめられてしまったのはいったいなぜか。詩の中で「美徳やら義理やら体裁やら何やら。火だの男だのに追いつめられて。」と書きました。あそこには死んでも死にきれない女の姿がある。戦争が終わって十五年もたつというのに、まだ私たちのなかには、追いつめられたような状態で、不本意な立場で生き続けているものがあるのではないか、と考えたのです。死にきれないでいる女の姿と、現在の女というものを重ね合わせてみました。それはまだ海にとどいていない、と言いたかったのです。

つぎに、最初の詩集『私の前にある鍋(なべ)とお釜(かま)と燃える火と』のなかから「挨拶」という詩を読みます。

挨拶

――原爆の写真によせて

あ、
この焼けただれた顔は

一九四五年八月六日
その時広島にいた人
二五万の焼けただれのひとつ
すでに此(こ)の世にないもの

とはいえ
友よ
向き合った互(たがい)の顔を
も一度見直そう
戦火の跡もとどめぬ
すこやかな今日の顔
すがすがしい朝の顔を
その顔の中に明日の表情をさがすとき

私はりつぜんとするのだ

地球が原爆を数百個所持して
生と死のきわどい淵を歩くとき
なぜそんなにも安らかに
あなたは美しいのか

しずかに耳を澄ませ
何かが近づいてきはしないか
見きわめなければならないものは目の前に
えり分けなければならないものは
手の中にある
午前八時一五分は
毎朝やってくる

一九四五年八月六日の朝
一瞬にして死んだ二五万人の人すべて
いま在る
あなたの如く　私の如く
やすらかに　美しく　油断していた。

これは一九五二年八月、いまから約二十七年前に書いた詩です。広島に原子爆弾が落とされた。けれども、その被害状況はごく大ざっぱにしか私どもの前に公表されていませんでした。戦争が終わったのが一九四五年だから、七年たって、はじめてアメリカ側から原爆被災者の写真を発表してよいという許しが出されたのですね。その印刷された写真を手に入れた私の勤め先の組合執行部の人が、翌朝の壁新聞に張り出して皆に訴えることを考えたのです。銀行員が出勤してくると、廊下にそって出勤簿を並べておく長い台があったのですが、そこで毎朝千人からの人が出勤簿にハンコを押します。そのまん前の壁に毎日の伝達事項がいっぱい張り出されるのですけれども、なにしろ朝やってきていちばん先に目にふれるものなので、あまりにも悲惨な写真を、それだけを突きつけるのではなくて、いっしょに詩を張り出したいと執行部が考えました。で、私を呼んで、きみ、いますぐここで詩を書きなさいと、そういうことを言われました。

頼んだ執行部の人も、頼まれた私も非常な衝撃を受けておりまして、まるでたたかれて音を上げる楽器のような気持ちで、私は求めにこたえました。人のいない書庫に行って、二時間ぐらいかかりましたか、書いて提出いたしました。あくる朝、それは壁面に大きく張り出されたのですが、出勤してくる人に「おはよう。」と挨拶する代わりの詩という意味で、題を「挨拶」にいたしました。その場かぎりの役目を果たすはずの、そしてそのあとは消えてゆくはずの詩でございました。

三冊の詩集から、国とか、戦争とか、職場などの出てくる詩を三編お聞きいただきましたけれども、個人的な家に触れますと、私は四歳のとき、母が亡くなり、つぎに迎えた母の妹も、不思議なことに同じ三十歳で死んでしまった。つぎの母も亡くなり、四人目に父が迎えた母は、父の死後、二十年近く私といっしょに暮らしておりましたけれども、私の定年の前年に亡くなりました。祖父母から数えて、私の妹二人を加えますと、九人の死に立ち会ってきたことになります。私のうちは途中から、お墓の人数のほうが多かったのです。

少女時代、成人後、私は家庭内の葛藤を激しく経験してきたと思います。けれども、その葛藤は、私がもしそこにいなければ起こらなかったものかもわからない。つぎつぎと妻に病死されて、父の不幸はそれだけで手いっぱいだったはずなのです。私という親不孝な娘がもう一人いたため、父の平安はさらに失われたのでした。本当に私は、私を取り囲む人たちに対して、少しもその幸福に寄与することができなかった。むしろ、その幸福の邪魔をしてきたのではないか、そういうふうに、いまになって気づかされております。詩を書くことも、もしかしたら私の場合は悪いことをしてきたのではないか。罪深い、けれどもそれが罪であるとしたら、私はどうしようもない罪を、生きることといっしょに犯してきたことになります。けれど、精いっぱい生きてきて私が思うのは、喜びも悲しみも豊かなほうがいい、ということです。

いろいろなことがございましたが、ただ一つ、いままで自分が不幸だと思ったことはなかった、と言えます。若いときでしたが、デートした相手の男性から、「きみ、いましあわせか。」と言われたことがございました。私は考えながら、「はい、たいへん幸福です。」と答えました。でも、よく考えると、私を取り囲むまわりのものが皆ふしあわせだから、そのことによって私はふしあわせかもしれません。そんなふうに答えました。

「くらし」という詩を読みます。

くらし

食わずには生きてゆけない。
メシを
野菜を
肉を
空気を
光を
水を
親を

きょうだいを
師を
金もこころも
食わずには生きてこれなかった。
ふくれた腹をかかえ
口をぬぐえば
台所に散らばっている
にんじんのしっぽ
鳥の骨
父のはらわた
四十の日暮れ
私の目にはじめてあふれる獣の涙。

たくさんの親不孝をして父を憤死させて、そののちにこの詩を書きました。考えてみると、親もきょうだいも食べて自分が生きてきたこと、本当に食べものだけでなく、すべてのものを食わずには生きてこれない。その浅ましい獣の悲しみ、そのことについてはじめて知ったように思います。それまでは、人間としての教育を受け、人間としての涙を流し、喜びを喜び、生きてきたように思いますが、食わずには生きていけない、人間が獣であるということの悲しみを知るまでには、四十歳の日暮れまで生きてこなければならなかった。五十歳近くなって、はじめてそのことがわかった。そのことに驚いて書いた詩です。帳面のすみにメモ書きにして、詩を書くなどという思いもなく書いた言葉でございました。

一方、私は小さいときから、見よう見まねで詩や短歌などを書いてきたのですけれども、親たちもそれを喜びました。死んだ母の写真にも俳句が書いてあったりしたものです。ことに私がそういうことを好んでするのを、祖父が喜んでくれました。まるで、自分のことのように喜んでおりました。そして、私には、「変わった者になれ。」と言っておりました。明治の人らしい発想だな、といまになって思います。それから、「人は心だけの世を経るものだ。」とも言っておりました。本当に、人並みのこともなし得ない、愚かな心だけの世を経たように思われます。戦後八十三歳で祖父が亡くなる少し前、「私は結婚もせず、このまま滅びるけれども、いいですか。」とたずねますと、祖父は、「けっこうだ。」と言いました。その先、「人間はあまり幸せなものじゃなかった。」とつぶやきました。「でも、おじいさん、私はこれから独りで生きていけると思う?」と聞きますと、「やっていけると思うよ。」と言ってくれました。あれは、祖父が私に残してくれた遺産のような言葉だったと思います。

いま、私が下手ながらものを書くのも、もしかしたらあの人たちの仕業ではないかと思います。詩を書くということは、はじめから全く成算のない仕事だったと思います。ただ、私はなぜか、どうしてか、そのことがしたかった。ですけれども、第一詩集を出すときに私のきょうだいは、「詩集を出すお金があったら洋服を買ったらどうなの。」とつぶやきました。私はがっかりして、ちょっとムッとしたんですけれども、考えてみますと、そういう言葉をもらって詩集を出すほうが、詩の健康にはとてもいいんじゃないかと思いました。「さあ、お書きなさい、お金も出します、援助もいたしましょう。」と言われて、詩を勉強して何になるだろう、と私は考えております。

名前一つ変わらず、ごく単純な履歴を生きた。ただ、周囲はあまりに大きく変動し、小さな微塵(みじん)のごとき私に深い影を落としました。本当に気が小さくて、先のほうに、いつもあまり希望を持つことができなかった。子供のときから人間の死を経験し、死が恐ろしくて、生まれてくるのじゃなかった、とさえ思ったものです。戦争・空襲・飢え・病気、安心な日が本当に乏しかったように思います。そんななかで、ささやかな願いや夢やあこがれや祈りを持ち続けながら明け暮れてきた。これからも、そうして生きてゆくだろうと思います。やがてすべて終わると、自分への覚悟をうながしながら。でも、やがて死ななければならない、そういうたいへんな仕事が残っていると思いながら、これからも精いっぱい、暮らしてゆくだろうと思います。

石垣りん——一四〇ページ参照。
この文章は、一九七九年にＮＨＫ教育テレビ（当時）で放映された談話をもとに、同年、雑誌「図書」に発表されたものである。本文は同誌によった。

発表——一九七九（昭和五四）年
高校国語教科書初出——一九八二（昭和五七）年
筑摩書房『高等学校用国語1』

「ネロ」について

谷川俊太郎

私はどんな詩を作るか

詩人が生き物であるかぎり、詩も生き物である。どんな詩を作るかということを、前もって決めこむわけにはいかない。また、将来どんな詩が作れるか、作者といえども予見することはできない。一つの詩は、その詩を作った詩人の生き方に深くかかわっているものだ。詩人はただ、彼がほんとうに詩だと思っているものを、常にめざしていることができるだけではないだろうか。一行の詩句が彼の心に浮かぶまでは、詩は彼にとって、たいへんつかみどころのない不安なものなのだ。具体的な言葉をたった一つでもつかみ得て、初めて彼は詩人として生き始められるのである。あなたはどんな詩を作るか、という問いに対しては、詩人は作品でしか答えられない。

ネロ

――愛された小さな犬に――

ネロ
もうじき又夏がやってくる
お前の舌
お前の眼(め)
お前の昼寝姿が
今はっきりと僕の前によみがえる

お前はたった二回程夏を知っただけだった
僕はもう十八回の夏を知っている
そして今僕は自分のや又自分のでないいろいろの夏を思い出している
メゾンラフィットの夏
淀(よど)の夏

ウィリアムスバーグ橋の夏
オランの夏
そして僕は考える
人間はいったいもう何回位の夏を知っているのだろうと

ネロ
もうじき又夏がやってくる
しかしそれはお前のいた夏ではない
又別の夏
全く別の夏なのだ

新しい夏がやってくる
そして新しいいろいろのことを僕は知ってゆく
美しいこと　みにくいこと　僕を元気づけてくれるようなこと　僕をかなしくするようなこと

そして僕は質問する
いったい何だろう
いったい何故(なぜ)だろう
いったいどうするべきなのだろうと

ネロ
お前は死んだ
誰にも知れないようにひとりで遠くへ行って
お前の声
お前の感触
お前の気持(きもち)までもが
今はっきりと僕の前によみがえる

しかしネロ
もうじき又夏がやってくる

新しい無限に広い夏がやってくる
そして
僕はやっぱり歩いてゆくだろう
新しい夏をむかえ　秋をむかえ　冬をむかえ
春をむかえ　更に新しい夏を期待して
すべての新しいことを知るために
そして
すべての僕の質問に自ら答えるために

——1950——

私はこのように詩をつくる

ネロはぼくの隣家で飼っていた犬だった。可愛いい犬で、垣根越しにぼくの家にもしょっちゅう遊びに来ていて、うちでもまるで家族のように愛されていたが、この詩を作った前年の冬に病気になり、死期を悟ってからは自らどこかへ死に場所を選びに出てゆき、骸（なきがら）を人にさらさなかった。ネロが死んでからもう半年程たった六月のある日、ぼくは机にもたれて庭石に照りつける六月の日ざしを見ていた。その日ざしはその年の初めての夏の日ざしだった。新しい季節が来るという強い感動は、同時にぼくの中に、生の大きな流れに対する感覚を呼びさました。季節の流れ、時の流れ、そして生と死。そしてその時、自分でも気づかぬうちに、ぼくはぼくの愛していたものの死にむかって呼びかけていたのだ。ぼくはある大きなリズムの中にいた。そしてそのリズムは、限りないものでありながら、ある完結の感じを伴っていた。ぼくの中でその時、生は死に呼びかけることで、かえってその輝きを増し、あたかも死に阻まれぬもののように全く感じられた。そしてその感じがあまりに完全なものだったので、ぼくには最初の行を書き始める前に自分の書くことがすっかり見えていた。ぼくはただ季節の最初の日ざしから受けた感動を、最も動物的な、最も素直な、最もあたり前な形で、すなわち、生きたいという欲望と生きようとする決意として書きつけたまでなのだ。生きようとする決意を、なぜ死者に呼びかける形で書いたのか、それはぼくにもわからない。結果的にはその形が効果的であったのはたしかなのだが、その時にはけっして効果を計算したわけではなかった。おそらくこんなところに、詩作の、けっして誰も解き明かすことのできぬ秘密があるのだろう。これはむしろ芸術の問題というよりも、生自身の秘めている不思議なしくみによるものなのではないだろうか。

ぼくは夏という季節が好きなので、自分の体験の中でも夏は大きな位置を占めている。「メゾンラフィットの夏」[1]は、マルタン・デュ・ガール[2]の『チボー家の人々』に出てくる夏、「淀の夏」は、ぼくの母の里である京都府淀町の夏で、敗戦をぼくはそこで迎えた。関西地方特有の白い反射の激しい砂地や、中学校の体操の時間の少年たちの裸身が、今も記憶に残っている。この「淀の夏」だけが〈自分の夏〉で、あと、「ウィリアムスバーグ橋の夏」は、アメリカ映画『裸の町』[3]に出てくるニュー・ヨークの夏、「オランの夏」[4]は、カミュ[5]の『ペスト』にあるアフリカの町の夏である。映画を見たり、本を読んだり、実際に生活したりして経験したこれらの夏に、ぼくはそれぞれに感動してきたのだが、ここではそれらの感動が一つの大きな夏という季節、すなわち生の流れの中で新しくとらえられ、それが今年のもうすぐやってくる夏と比べられている。そうすることで、ぼくは生の刻々の新しさ、すなわち、未来というものの広がりを確かめている。ぼくは人間にとって最も根源的だと思われる三つの問いをするが、この問いは必ずしも答えられることを予期してはいない。むしろこれは、作者の未来へ向かったやや性急な意志の姿勢だと見ていただいていいようだ。今になってみると、この詩の全体のリズムも、そのような若い性急さというようなものをもっているようである。しかし、結局それが、この詩でぼくの自負できる唯一の点かもしれない。この詩をほんとうに支えているものは、技術や思想ではない。この詩は、六月のあの日の、幼いかもしれないが、強い、本当の感動によって支えられているとぼくは言うことができる。

この詩の場合には、その感動があまりに突然で、激しくはっきりしたものだったので、技術的な配慮は意識的にはほとんどなされなかった。推敲も二、三の細かい箇所にとどまったと記憶している。その点、これはやや特殊な場合に属する。感動がもっと複雑な形を取ることもある。また、もしネロという犬がいなかったら、この詩の感動はこのように素直にことばにならなかったであろう。この詩はむしろ、詩の発生の

1 メゾンラフィット Maison-Laffitte　パリ郊外の町。2 マルタン・デュ・ガール Roger Martin du Gard 一八八一—一九五八。フランスの小説家。『チボー家の人々』は、一九二二年から書かれ、一九四〇年に完成した長編小説。第一次世界大戦の混乱期に生きた一世代の人間像を描いている。3『裸の町』一九四八年、ジュールズ・ダッシン監督が、ニューヨークの町の写真を使って殺人犯の追跡を描いたドキュメンタリー（半記録映画）の作品。4 オラン Oran　アフリカのアルジェリアの北西部にある港市。5 カミュ Albert Camus 一九一三—六〇。フランスの小説家。『ペスト』は、一九四七年の作。ペストの流行するオラン住民の深刻な体験を描きながら、不条理の思想を述べている。

仕方の例だと考えていただいたほうがいいかもしれない。「このように詩を作る」という問題は、むしろこの後で、ますます難しくなってゆく。ただ、ここではぼくは、この「ネロ」を例にすることで、感動というものにちょっと触れておきたかったのだ。それがどんな場合にでも、「このように詩を作る」ということの最も根本にあるものだということをもう一度たしかめておきたかったのだ。

谷川俊太郎——一七〇ページ参照。
「ネロ」は『二十億光年の孤独』に収められている。この文章は、一九五五年に刊行された『私はこうして詩を作る』に「詩人とコスモス」の題で収められており、本文は同書によった。

発表——一九五五（昭和三〇）年
高校国語教科書初出——一九六三（昭和三八）年
筑摩書房『現代国語1』

ちくま文庫

教科書で読む名作
一つのメルヘンほか 詩

二〇一七年五月十日 第一刷発行

著者 中原中也（なかはら・ちゅうや）ほか
発行者 山野浩一
発行所 株式会社 筑摩書房
東京都台東区蔵前二―五―三 〒一一一―八七五五
振替〇〇一六〇―八―四一二三
装幀者 安野光雅
印刷所 凸版印刷株式会社
製本所 凸版印刷株式会社

乱丁・落丁本の場合は、左記宛にご送付下さい。
送料小社負担でお取り替えいたします。
ご注文・お問い合わせも左記へお願いします。
筑摩書房サービスセンター
埼玉県さいたま市北区櫛引町二―六〇四 〒三三一―八五〇七
電話番号 〇四八―六五一―〇〇五三

ISBN978-4-480-43420-3 C0193